나는 우울증 생존자입니다

나는 우울증 생존자입니다

우울증을 극복한 세계적 위인들과
'우울증 생존자' 나의 이야기!

베스트셀러 《바보엄마》 작가 최문정 지음

창해

좌절과 절망의 파도는 순식간에 나를 휩쓸었다. 나는 깊은 우울의 바다에서 벗어나기 위해 온 힘을 다해 허우적거렸다. 하지만 시간이 흐르면서 점점 지쳤다. 아무리 구해 달라고 소리를 질러도 아무도 없는 바다는 대답이 없었다. 쉴 새 없이 발버둥을 쳐도 검푸른 바다는 끝이 나지 않았다. 모든 것이 무의미하게 느껴졌다. 너무 힘들고 고통스러웠다. 또 다른 선택은 쉽고 간단했다. 아무것도 하지 않으면 되니까. 나는 발버둥을 멈추었다. 그리고 조용히 물속으로 가라앉았다.

나는 이제 나 자신을 죽이려 했다는 사실을 숨기지 않을 것이다. 자랑스러운 일은 아니지만 부끄러운 일도 아니다. 부끄러움

은 결국 자신을 죽여 버릴 수 밖에 없도록 나를 괴롭히던 인간들
의 몫이다. 낭떠러지에 가까스로 매달린 내 손을 짓밟으며 웃고
떠들던 인간들이 보란듯이 살아남고 싶었다. 천천히 바다 속으
로 가라앉는 나를 보고만 있던 인간들이 보란듯이 살아내고 싶
었다. 나는 아직도 우울의 바다에서 빠져나오지 못했다. 그래도
나는 예전보다 더 열심히 헤엄을 치고 있다. 솔직히 또다시 자
살의 유혹에 흔들리지 않을 자신은 없다. 하지만 나는 계속 싸울
것이다. 나는 누구보다 용감하고 강한 전사이다. 나는 기어이 살
아남았고 살아남을 것이다. 나는 우울증 생존자다.

누구에게나 지옥 같은 시간이 찾아온다.
힘들고 어려운 순간, 자살은 가장 쉽고 간단한 선택이다.
실수나 잘못으로 괴로운 순간,
자살은 죄의 대가를 치르고 용서받을 수 있는 가장 쉽고 간단한 수단이다.
그래서 사람들은 자신을 죽여 버린다.
우울증이 심각했던 시기, 나는 매일매일 나를 죽이려는 나 자신과 싸웠다.

~~~~~~~~~~~~~~~~~~~~~~~~~~~~~~~~~~~~

"천국에 가서 백만 년 동안은 그림만 그리고 싶다."
처칠은 인상파 풍의 풍경화를 잘 그렸다.
피카소는 처칠에게 화가의 자질이 있다고 후한 평가를 했다.
그림은 처칠이 우울증에서 벗어날 수 있는 유일한 수단이었다.
처칠은 평생 그림을 그리며 우울증을 극복하려고 애썼다.
하지만 죽을 때까지 '검은 개'는 처칠의 곁에 남아 있었다.

우울증 생존자 #1

검은 개

윈스턴 레너드 스펜서 처칠
Sir Winston Leonard Spencer-Churchill

1874년 11월 30일 ~ 1965년 1월 24일

처칠은 제2차 세계대전을 승리로 이끈 영국의 총리이다. BBC 가 1백만 명의 영국인들을 대상으로 실시한 설문조사에서 처칠은 수많은 경쟁자를 따돌리며 역사상 가장 위대한 영국인 1위로 꼽혔다. 미국 건국 이래 처음으로 의회와 대통령이 호명한 제1호 '미국 명예시민'이 바로 처칠이었다. 그만큼 존경받고 사랑받는 정치가였다.

처칠은 인생의 시작부터 화려했다. 아버지 랜돌프 처칠(Lord Randolph Henry Spencer-Churchill)은 귀족 가문 출신의 정치가였고, 어머니 제니 제롬(Jennie Jerome)은 미국 신흥 재벌의 딸이었다. 처칠이 태어난 곳은 심지어 선조인 말버러 공작이 왕에게서 하사받은 블레넘 궁전[1]이었다. 궁전이라니! 자본주의의 노예인 나로서는 부러울 따름이다. 하지만 권력, 명예, 부를 모두 가지고 태어난 처칠의 어린 시절은 불행했다.

아버지는 정치를 하느라 바빠서 얼굴을 볼 틈도 없었고, 어머

---

1) 블레넘 궁(Blenheim Palace)은 영국 옥스퍼드셔주 우드스톡에 위치한 궁전이다. 블레넘 궁은 영국 내에서 유일하게 주교령 하의 저택이 아니면서도 궁전의 명칭을 유지하고 있는 곳이다. 프랑스와의 전쟁에서 승리한 공을 치하하고자 앤 여왕이 제1대 말버러 공작 존 처칠에게 하사했다. 1987년 유네스코 세계유산으로 등재되었다.

니는 사교활동을 하며 다른 남자와 바람피우느라 바빠서 편지로 대화해야 했다. 8살이 되어 기숙학교에 가면서부터는 거의 버림받다시피 했다. 처칠은 수없이 자신을 보러 오라고 편지를 보냈지만, 부모는 대부분의 편지를 무시했다. 다행스럽게도 따뜻하고 착한 유모 엘리자베스 에베레스트 부인[2]이 곁에 있었지만, 부모의 사랑을 채우기엔 역부족이었다.

처칠은 부모에게 반항이라도 하듯 지각을 하고, 친구들과 싸우고, 교사에게 대들었다. 공부할 의지도 없었고, 노력도 하지 않았다. 생활기록부에는 '품행이 나쁘고 의욕과 야심이 없으며 야무지지 못한 아이'라고 기록되어 있었다. 교사와 학우들은 처칠을 평가하며 단 한 마디의 긍정적 단어도 쓰지 않을 정도였다. 성적이 나빠 사관학교도 삼수 끝에 보병과보다 인기 없는 기병과에 겨우 합격했다. 그마저도 아버지의 정치적 권력을 이용한 부정 입학이라는 설도 있다.

---

2) 처칠은 말썽꾸러기에다 고집도 세서 유모들이 학을 떼며 그만두기 일쑤였다. 하지만 에베레스트 부인은 끈질기게 처칠의 말을 경청하면서 처칠의 신뢰를 이끌어낸다. 처칠의 부모는 처칠이 성인이 되자마자 에베레스트 부인을 해고한다. 처칠은 돈을 벌게 되자 에베레스트 부인에게 매달 생활비를 보냈다. 또한 에베레스트 부인이 사망한 뒤에는 기일마다 무덤에 꽃을 바쳤다. 처칠은 한 인터뷰에서 인생에서 가장 슬픈 날이 에베레스트 부인이 사망한 날이라고 말했다.

나이가 들어 철이 든 건지 아니면 적성에 맞았던 건지, 처칠은 사관학교를 우수한 성적으로 졸업한다. 당연히 군인이 되었지만, 인도나 쿠바 등의 전쟁터에서 그다지 두각을 나타내지 못했다. 대신 처칠이 쓴 참전기의 반응이 좋았다. 결국 처칠은 군인을 그만두고 종군기자가 되어 보어전쟁이 벌어지고 있는 남아프리카로 떠난다.

 하지만 정찰을 위해 나선 장갑 열차가 탈선되면서, 취재를 위해 타고 있던 처칠도 포로가 되고 만다. 전쟁에 관한 법에 따르면 민간인인 종군기자를 포로로 잡아서는 안 되지만, 처칠은 당시 무장을 하고 있었고 보어군을 공격하기까지 해서 참작의 여지가 없었다. 종군기자나 비전투원이 무기를 소지하거나 전투에 참가했다면 총살형을 선고할 수도 있었다. 하지만 처칠이 명문가 출신이라는 사실을 알게 된 보어인들은 처칠을 장교급으로 대우해 주었다. 어찌나 감시병들이 잘 대해 주었는지 감동한 처칠은 민병대 감시병들이 포로들을 지역 경찰들에게 인계할 때 감시병에게 메모를 써주었다.

 '이 메모의 소지자 스파르워터 씨는 영국 장갑 열차에서 붙잡힌 영국군 장교들과 나를 아주 친절하게 대했다. 이 사람이 포로로 잡힐 경우 그에게 도움을 줄 사람이 있다면 나는 개인적으로 매우 감사할 것이다. 1899년 11월 17일 윈스턴 처칠.'

스파르워터는 비록 메모를 써보지 못하고 죽었지만 그의 가족들은 메모를 간직하다 박물관에 대여했고, 나중에 미국의 수집가에게 3만 6천 달러라는 높은 가격에 팔았다.

1년 뒤 감행한 탈출은 행운의 연속이었다. 감시병들이 담배를 피우느라 한눈을 파는 사이 처칠만 간신히 수용소 담장을 넘을 수 있었다. 처칠은 곧바로 화물열차에 올라탔다. 수도사로 변장한 채 도망치다 지쳐 마지막 순간 도움을 청한 민가가 운 좋게도 그 마을에 하나뿐인 영국인의 집이었다. 행운은 계속되었다. 언론에서 처칠의 탈출을 대대적으로 보도하면서, 포로 생활을 담은 글이 인기를 끌면서, 처칠은 어느새 전쟁 영웅이 되어 버렸다. 그 인기를 바탕으로 처칠은 25살에 하원의원에 당선된다. 그 다음부터는 승승장구였다. 하지만 행운은 영원하지 않았다.

제1차 세계대전 당시 해군 장관이었던 처칠은 국제법을 무시하고 오스만제국에 인계하기로 했던 군함 '술탄 오스만 1세 호'와 '레샤디에 호'를 강제로 점거했고, 오스만제국 해군을 강제로 퇴함시켰다. 그리고 군함 이름을 '애진코트 호'와 '에린 호'로 변경한다. 제1차 세계대전으로 한 척의 군함이라도 더 필요했기 때문이었다. 오스만제국은 원래 중립국 선언을 했는데 이 사건을 계기로 친독파가 득세를 하게 된다. 때마침 오스만제국 이스

탄불 항구에 정박 중이던 독일 해군 소속 전함 2척이 러시아 항구들을 기습적으로 공격했다. 러시아는 독일 전함이 아니라 오스만제국 전함으로 착각하고 오스만제국에게 선전포고를 한다. 오스만제국은 어쩔 수 없이 독일 동맹국으로 참전하게 된다.

오스만제국의 갈리폴리(gallipoli)는 지중해에서 흑해로 들어가는 입구에 있는 조그만 반도이다. 제1차 세계대전 당시 동맹이었던 러시아로 연합국 측이 물자를 공급하기 위해서는 갈리폴리 반도를 가로지르는 다르다넬스 해협을 지나야만 했다. 갈리폴리 반도를 장악하기 위해서는 육군과 해군의 합동 작전이 필요했다. 육군이 작전을 반대하자, 처칠은 제1차 세계대전에서 승리하고 싶은 욕심 때문에 해군만으로 다르다넬스로 진격하기로 결정한다.

갈리폴리 전투는 최악의 결말로 끝났다. 56만 명의 참전군인 중 25만 명이 다치거나 죽었다. 당연히 처칠은 사임했다. 처칠은 중령으로 강등되어 최전방 부대장으로 발령받는다. 처칠은 군인들이 목욕을 할 수 있도록 해서 피부병을 없애는 등 복지에 공을 들이고 사기 진작을 위해 애썼지만 그다지 주목받지 못한다. 갈리폴리 전투의 대패는 계속 처칠을 따라다녔다. 게다가 처칠은 보수당의 의원이었는데 자유당으로 당적을 옮겼다가 다시 보수당으로 돌아오기도 했다. 이래저래 비난만 받던 시절이었다. 제2차 세계대전 직전 처칠의 정치적 입지는 좁고 위태로웠다.

제1차 세계대전이 끝나고도 처칠은 히틀러의 나치가 영국을 침공할 거라고 끊임없이 경고했다. 사람들은 처칠의 경고를 무시했다. 아니, 무시하고 싶어 했다. 제1차 세계대전의 상처가 아물기도 전이었다. 사람들은 평화를 열망했다. 전쟁을 피하기 위해서라면 뭐든지 할 준비가 되어 있었다. 그렇게 1938년 뮌헨회담이 이루어졌다. 영국·프랑스·독일·이탈리아의 정상은 독일의 체코슬로바키아 수데텐란트 합병을 승인했다. 정작 당사자인 체코슬로바키아는 회담에 참여하지도 못했다.

영국은 뮌헨회담으로 평화를 지켜냈다며 한껏 고무되었다. 대중은 회담을 마치고 돌아온 체임벌린 총리[3]를 열렬히 환영했다. 하지만 처칠은 회담 결과를 비난하며 히틀러가 야욕을 드러내기 전에 군사력을 강화해야 한다고 주장했다. 사람들은 잔칫집에 찬물을 끼얹는다며 처칠을 비난하고 비웃었다. 가끔은 간절한 열망이 이성적 판단을 억누른다. 이성이 마비될 정도로 바랐던 평화는 오래 가지 않았다. 6개월 뒤 히틀러는 협정을 파기하고 폴란드와 체코슬로바키아를 시작으로 유럽을 집어삼키기 시작했다. 그제야 영국민들은 처칠이 옳았다는 사실을 깨달았다.

---

3) 아서 네빌 체임벌린(Arthur Neville Chamberlain, 1869년 3월 18일~1940년 11월 9일)은 영국의 보수당 정치인이자 영국의 41대 총리(1937년~1940년)였다.

마침내 처칠은 영국의 수상이 되었다. 처칠이 수상이 되었다고 해서 제2차 세계대전의 상황이 급변하지는 않았다. 전쟁은 영원히 끝나지 않을 것만 같았다. 독일의 런던 대공습이 시작되자 시민들은 두려움과 절망에 휩싸여 패닉 상태가 되었다. 하지만 처칠은 단호하게 희망을 이야기했고, 언제나 승리만을 외쳤다. 시민들은 267일간의 폭격에도 일상생활을 유지하며 처칠을 믿고 기다렸다.

제2차 세계대전이 길어지면서 사람들은 점점 지쳐갔다. 그래서 사람들은 독일과의 협상을 바라기 시작했다. 처칠은 끝까지 히틀러와 타협하지 않겠다고 고집을 부렸다. 사람들은 처칠을 '전쟁광'이라며 비난하기 바빴다. 그렇게 외롭던 시절, 처칠의 부인 클레멘타인[4]은 처칠의 곁을 굳건히 지켰다.

---

4) 클레멘타인 오길비 스펜서 처칠(Clementine Ogilvy Spencer-Churchill, 1885년 4월 1일 ~1977년 12월 12일)은 윈스턴 처칠의 아내이다. 법적으로는 스코틀랜드 귀족인 헨리 호지에(Henry Hozier) 경의 딸이지만, 어머니 레이디 블랜치의 불륜으로 태어났다는 설이 있다. 처칠은 30살이 되던 해 19살 클레멘타인을 보고 첫눈에 반해 4년의 열애 끝에 결혼했다. 결혼 전 클레멘타인은 프랑스어 교사를 하기도 했다. 클레멘타인은 사치스럽고 낭비벽이 심한 처칠과는 달리 검소한 편이었고 사교적이지 못했다.

'처칠은 영국을 지키고 나는 처칠을 지킨다.'

클레멘타인은 제1차 세계대전 중에는 군수품 노동자들과 함께 통조림을 만들었고, 제2차 세계대전 중에는 러시아 적십자 원조 기금 회장, 여성 기독교협회 회장, 산부인과 병원 회장으로 활동했다. 클레멘타인은 내조를 넘어서 든든한 동료로 처칠에게 힘을 보탰다.

처칠과 클레멘타인은 5명의 자녀를 두었는데 맏딸 다이애나는 54살에 우울증으로 자살했고, 막내딸 메리골드는 패혈증으로 2살에 사망했다. 클레멘타인은 딸의 자살 소식을 듣고 입원했으며, 처칠은 글을 쓰며 슬픔을 이겨냈다. 둘째 딸 사라와 장남 랜돌프는 처칠의 사후에 알코올중독으로 사망했다.

1,000통이 넘는 처칠의 편지를 받은 미국 루스벨트 대통령이 무기 공급을 약속하고, 진주만 습격 후 미국이 참전하면서, 연합국은 마침내 승리를 거둘 수 있었다.

처칠이 없었더라도 제2차 세계대전의 결말은 같았을지 모른다. 하지만 6년이라는 긴 시간의 전쟁이었다. 처칠은 사람들이 절망에 함몰되지 않고 버틸 수 있는 힘을 주었고, 사람들이 포기하고 싶어지는 순간 다시 일어설 수 있도록 다독였다. 어쩌면 참혹한 전쟁에서 필요한 지도자는 뛰어난 전쟁 전략가가 아니라

희망을 꿈꾸게 만들어주는 사람일지도 모른다.

이 정도 인생이면 드라마의 전형적인 클리셰라 볼 수 있다. 적당한 갈등과 역경을 섞어서 만들어진 성공 스토리니까. 게다가 배경도 극적이다. 거대한 식민지 제국을 건설했던 빅토리아 여왕 시대에 태어났고, 에드워드 7세와 조지 5세를 거치며 성장했다. 참혹한 식민지 전쟁과 끔찍한 두 번의 세계대전을 치렀다. 복잡한 정치 상황 중에 국왕이었던 에드워드 8세는 이혼녀 심프슨 부인과 결혼하겠다면서 동생인 조지 6세에게 왕위를 넘겼다. 끝까지 에드워드 8세를 지지했던 처칠은 제2차 세계대전 중 에드워드 8세의 친나치 성향을 지켜보며 배신감에 치를 떨었다. 전쟁과 냉전의 상황에 대한 스트레스 때문인지 조지 6세가 일찍 사망하면서, 25살의 어린 나이에 왕위에 오른 엘리자베스 2세의 옆을 지킨 것도 처칠이었다. 6번이나 국왕이 바뀌는 동안 90년이라는 세월이 흘렀다. 언제나 시가를 피우고, 고주망태가 될 때까지 위스키를 퍼마시던 사람치고는 장수했다.[5]

---

5) 처칠은 아침에 깨자마자 시가를 피우며 스카치 위스키를 마셨다. 또한 처칠은 외교 마찰 가능성에도 불구하고 아우디 왕과의 오찬에서도 담배를 피울 정도로 애연가였다. 오죽했으면 처칠의 정원사는 처칠이 버린 시가 꽁초를 피우다 골초가 되었다고 한다. 처칠이 입원했을 때 산소마스크에 구멍을 뚫어 담배를 피운 일화도 유명하다. 처칠은 전쟁터에도 폴 로저 와인을 가지고 다닐 정도로 와인 애호가이기도 했다.

물론 처칠도 비난을 받는 면이 꽤 많다. 처칠은 '해가 지지 않는 나라 대영제국'을 사랑했다. 즉, 식민지의 독립을 적극적으로 반대했다. 인도 독립을 맹렬하게 반대했고 마하트마 간디[6]를 '현자인 척하는 사기꾼'이라며 비난했다. 당연히 대한민국이 일제로부터 독립하는 것도 반대했다. 또한 여성의 지위 향상이 불필요하다고 주장했고, 여성의 참정권도 반대했다.

"물론 난 이기주의자요. 그렇지 않고서야 무슨 일을 할 수 있겠소?"

처칠은 타인의 의견을 철저히 무시하는 독재자였다. 동료나 부하직원에게 기본적인 배려도 하지 않았다. 처칠은 보통 새벽 2~4시까지 일하고 8시에 일어나 10시가 넘어서야 본격적으로 일을 시작했다. 처칠의 비서는 크리스마스를 제외하고는 매일 일해야만 했다. 처칠은 낮잠을 1시간씩 잤는데, 누군가 잠을 깨

---

6) 모한다스 카람찬드 간디(Mohandas Karamchand Gandhi, 1869년 10월 2일~1948년 1월 30일)는 인도의 정신적 · 정치적 지도자이다. 마하트마 간디(Mahatma Gandhi)라는 이름은 시인 타고르(Rabindranath Tagore)가 지어준 이름이다. '마하트마'는 '위대한 영혼'이라는 뜻이다. 간디의 비폭력 저항운동은 톨스토이의 영향으로 알려져 있다. 간디는 영국 식민지였던 인도의 독립운동을 이끌었다.

우는 것을 굉장히 싫어했다. 독일이 러시아를 침공했다는 소식이 전해졌을 때도 처칠은 낮잠을 자고 있었다. 비서들은 처칠을 깨우지 못해 소식을 늦게 전할 수밖에 없었다. 동료나 부하직원이 불만을 이야기해도 처칠은 간단히 무시했다.

"나는 위대한 사람이지 않은가?"

처칠은 역사에 길이 남을 위인이 되고 싶어 했다. 그리고 자신의 야망이 이루어졌다는 사실에 도취되어 으스대곤 했다. 아마 처칠의 약점이나 문제점만으로도 책 한 권을 쓸 수 있을 것이다. 그럼에도 불구하고 수많은 사람이 처칠을 존경하고 사랑한다. 돈, 명예, 권력, 사랑, 뭐 하나 빠지지 않는 인생이다. 하지만 처칠은 행복하지 못했다.

처칠은 창가에 다가서는 법이 없었다. 철도변도 피했고, 강가를 거닐 수도 없었다. 자신이 자살할까 봐 두려워서였다.

겪어본 사람은 알 것이다. 순간적인 자살 충동이 얼마나 강력한지. 자신을 제어할 수 없는 순간이 얼마나 두려운지. 게다가 그 상황이 언제 닥칠지 모르니 항상 예민하고 불안할 수밖에 없다. 우울증 환자는 말이 없고 소극적이라 생각하기 쉽지만, 우울감은 짜증과 신경질로 변질되어 표출되기도 한다. 그리고 점점 무기력해진다. 아무것도 하고 있지 않은데 아무것도 하고 싶지 않다. 그렇게 변해가는 자신의 모습을 견디기 힘들어 더 우울해진다. 현실이 힘드니 미래 따위는 생각할 여유가 없다. 이렇게 비참하게 하루하루 버텨봤자 달라지는 것도 없다. 어차피 누구나 죽는다. 그 삶의 끝을 내 의지로 앞당기는 것도 매혹적이다. 마음이 불쑥불쑥 속삭인다. 죽어, 죽어 버려, 그러면 편안해질 거야. 모든 생명체는 생존본능을 지닌다. 본능이란 탄생의 순간부터 가지게 되는 억누를 수 없는 감정이나 행동이다. 누구나 물에 빠지면 허우적대고, 자동차가 다가오면 피하게 된다. 하지만 우울증은 그 생존본능을 사라지게 만든다.

"한평생 검은 개가 나를 따라다녔다."

처칠이 우울증을 비유하며 사용한 '검은 개'는 이제 일반적으로 우울증을 가리키는 표현이 되어 버렸다. 죄책감은 우울증 원인 중 하나이다. 처칠이 우울증을 앓게 된 시기는 갈리폴리 전투에서 대패한 뒤 정계에서 쫓겨나다시피 했을 때이다. 처칠은 당시 힘들었던 10여 년의 시간을 '광야의 시기(wilderness years)'라고 회고했다. 당시 처칠은 처제의 권유로 수채화를 그리기 시작했다.

"천국에 가서 백만 년 동안은 그림만 그리고 싶다."

처칠은 인상파풍의 풍경화를 잘 그렸다. 피카소는 처칠에게 화가의 자질이 있다고 후한 평가를 했다. 처칠에게 그림은 단순한 취미 활동이 아니었다. 그림은 처칠이 우울증에서 벗어날 수 있는 유일한 수단이었다. 처칠은 평생 그림을 그리며 우울증을 극복하려고 애썼다. 하지만 죽을 때까지 '검은 개'는 처칠의 곁에 남아 있었다.

인간은 불완전한 존재이다. 당연히 실수나 잘못을 하기 마련이다. 갑작스러운 사고나 어이없는 사건에 휘말리면 놀라고 당황해서 잔인하고 냉정한 말과 행동을 할 수도 있다. 심각한 경우 불법을 저지르기도 한다.

하지만 순간적인 충격에서 벗어나면 그런 반응을 한 자신을 도무지 이해할 수 없다. 정상적인 인간이라면 타인을 아프게 했다는 사실에 죄책감을 느끼며 괴로워한다. 밤새도록 이런저런 변명으로 자신을 감싸보지만 결국 결론은 하나이다. 내 잘못이다. 내가 나빴다. 사실은 내 본성이 악한 것은 아닐까 의심스럽다. 타인에게 상처를 준 자신을 도저히 용서할 수 없다. 끝없이 상황을 재연하면서 나를 괴롭힌다.

다행히 인간은 망각의 동물이라 시간이 흐르면 기억은 흐려지고 죄책감도 옅어진다. 하지만 망각의 시간이 더디게 오는 사람도 있다. 내가 그렇다. 나는 눈치가 없고 고지식한 데다 순발력이 떨어진다. 게다가 성급하기도 하다. 하루도 빠짐없이 실수와 잘못을 저지른다. 그렇게 말하지 말 걸, 그렇게 행동하지 말 걸, 그렇게 멍청한 짓을 저지른 나를 질책하면서 후회로 밤을 새운다. 타인에게 준 상처는 되돌아와 나를 상처 입힌다.

그나마 순간적인 실수나 잘못은 낫다. 오랜 시간 심사숙고해서 내린 판단과 결정이 나의 의도와는 정반대의 결과를 가져온다면 후회와 절망은 기하급수적으로 부풀어 오른다. 자신이 아닌 타인이 최악의 피해와 희생을 감당했다면 죄책감과 좌절감은 언제나 머릿속에서 맴돌며 사라지지 않을 것이다. 그렇게 오랜 시간이 지나도 흐려지기는커녕 생생해지는 나쁜 기억도 있다.

갈리폴리 전투에서 대패한 기억은 사라지기는커녕 점점 더 또렷해지며 처칠을 괴롭혔다. 처칠이 고집을 부려 이루어진 작전이었다. 처칠의 판단과 결정에 목숨을 잃은 군인들은 대부분이 젊은 병사였다. 25만 명의 사상자라는 어마어마한 숫자의 무게는 언제나 처칠의 어깨를 짓눌렀다. 아마 평범한 인간이라면 절망으로 쓰러져 일어나지 못했을 것이다. 하지만 처칠은 죄책감에 무릎 꿇지 않았다. 무릎을 꿇기는커녕 오히려 달려나갔다.

처칠은 기어이 다시 전쟁터로 뛰어들었다. 또다시 수많은 목숨이 처칠의 손아귀에 쥐어졌다. 판단하는 순간순간 부들부들 떨릴 정도로 두려웠을 것이다. 결정하는 순간순간 자신을 의심하며 공포에 질렸을 것이다. 어쩌면 그 순간의 판단 때문에 갈리폴리 전투처럼 실패할 수도 있었다. 다른 참모진에게 결정할 권한을 미루고 싶었을 것이다. 질질 시간을 끌고 망설이며 판단의 시간을 벌고 싶었을 것이다. 하지만 처칠은 오히려 과감하게 판단하고 신속하게 결정했다.

"성공은 영원하지 않고, 실패는 끝이 아니다. 중요한 것은 굴복하지 않고 계속해나가는 용기이다."

누구에게나 되돌리고 싶은 시간이 있을 것이다. 다시 그 순간이 온다면 다른 판단과 결정을 할 거라며 후회하는 과거는 우리 모두에게 존재한다. 하지만 막상 비슷한 상황이 반복되면 머뭇대며 주춤거릴 것이다. 나의 판단이 나뿐만 아니라 수많은 타인의 미래를 바꾼다면 도망치고 싶을 것이다. 그리고 비겁하게 도망친 자신이 미워 더 좌절할 것이다. 당연히 우울은 깊어진다. 어쩌면 우울증 환자에게 가장 필요한 미덕은 또다시 실패할지라도 도전할 수 있는 '용기'일지도 모른다.

사람들 앞에서는 자신 있게 승리의 'V'를 만들어 보이던 처칠은 밤이 되면 홀로 울었다. 전쟁의 불안과 공포를 견딜 수 없었기 때문이다. 게다가 처칠은 다른 이의 불안과 공포까지 떠안고 있어야만 했다. 사진 속의 처칠은 언제나 시가를 문 채 인상을 찌푸리고 있다. 어쩌면 처칠은 울고 싶은 마음을 감추려고 얼굴을 찡그렸는지도 모른다.

과학적으로, 우는 것은 우울감 해소에 도움을 준다. 눈물을 통해 스트레스 호르몬이 밖으로 배출되며 우울증이 나아진다. 다이애나 왕세자비가 죽었을 때 수많은 영국인이 장례식을 치르며 엄청난 눈물을 흘렸다. 그 뒤 한동안 영국의 우울증 환자가 절반으로 줄었다는 통계가 있다.

나는 가끔 일부러 슬픈 소설이나 드라마를 보면서 운다. 지칠 때까지 울고 나면 기분이 조금 나아진다. 울고 싶다는 건 신체가 스트레스 호르몬을 배출하려는 신호이다. 그러니까 눈물을 참지 마라. 어린아이처럼 엉엉 울어라.

처칠은 노벨문학상 수상자이다. 처음 노벨상 수상 소식을 들었을 때 기뻐하던 처칠은 평화상이 아니라 문학상 수상자라는 사실에 시큰둥해했다고 한다. 처칠은 사치와 낭비벽이 심각해서 부족한 생활비를 인세로 메워야만 했다. 덕분에 처칠은 꾸준히 글을 썼고 꽤 많은 분량의 글을 남겼다. 일설에 따르면 제2차 세계대전에서 공로를 세운 처칠에게 노벨상은 주어야겠는데, 전쟁영웅에게 평화상을 줄 수는 없어 문학상을 주었다고 한다. 그해 문학상 후보에는 어니스트 헤밍웨이[7]와 로버트 프로스트[8]도 있었다.

수많은 정치가처럼 언제나 자신만만한 태도를 유지했던 처칠이지만 누군가 갈리폴리 전투에 대한 이야기를 꺼내면 단숨에 풀이 죽었다고 한다. 처칠이 노벨평화상을 간절히 원했던 것은 갈리폴리 전투 패배로 인한 죄책감을 씻어내기 위해서였을 것이다. 노벨평화상은 처칠에게 면죄부였다. 노벨평화상은 '당신의 잘못이 아니야.' 혹은 '당신의 잘못을 용서할게.'라는 의미였다. 노벨평화상은 세상 모두에게 용서받고 위로받았다는 증거였다. 하지만 처칠은 끝내 노벨평화상을 받지 못했다.

---

7) 어니스트 밀러 헤밍웨이(Ernest Miller Hemingway, 1899년 7월 21일~1961년 7월 2일)는 미국의 소설가이자 언론인이다. 처칠이 노벨문학상을 수상한 이듬해인 1954년 10월, 헤밍웨이는 노벨문학상을 받았다. 헤밍웨이는 우울증으로 고통받았으며 결국 산탄총으로 자살했다.
8) 로버트 프로스트(Robert Frost, 1874년 3월 26일~1963년 1월 29일)는 미국의 시인이다. 퓰리처상을 4번 수상하였다.

누구나 타인에게 상처 주면서 살아간다. 누구나 타인에게 상처받으면서 살아간다. 그게 삶이다. 타인에게 준 상처는 죄책감으로 돌아와 자신을 상처 입힌다. 그런 잘못을 저지른 자신을 원망하고 경멸하기까지 한다. 죄책감을 가지는 것은 인간의 기본 도리이다. 죄를 지었다면 당연히 죄책감을 가져야만 한다. 하지만 그 죄책감에 빠져 허우적대서는 안 된다. 자신을 상처 입히고 후벼 파는 건 누구에게도 도움이 되지 않는다.

잘못을 저질렀으면 당연히 후회하고 반성해야 한다. 실수를 사과하고 피해를 복구하고 용서받으려 노력해야 한다. 또다시 똑같은 잘못이나 실수를 하지 않도록 더욱더 주의하고 경계해야 한다. 그리고 무엇보다 부족하고 불완전한 자신을 용서해야 한다.

타인보다 자신에게 더 가혹하고 냉정한 윤리적 잣대를 가져다 대고 재단하는 사람이 있다. 그런 사람들은 죄책감을 씻어내지 못하고 잔인하게 상처를 후벼 판다. 그리고 죄의 대가로 죽어도 마땅하다고까지 생각한다. 가장 끔찍한 고통은 자기 스스로에게 가하는 고통이다.[9] 자신에게 관용을 베푸는 법을 반드시 배워야만 한다. 자신을 용서해야 잊을 수 있다. 잊어야만 살아남을 수 있다.

---

9) 고대 그리스 아테네의 비극 시인 소포클레스(Sophoklês, 기원전 497년~기원전 406년)의 명언이다.

"나 자신 또는 나를 괴롭히는 사람을 용서하지 못하는 것은 내가 신보다 더 높은 용서의 기준을 가지고 있다는 것을 의미한다. 내가 용서하지 못하는 것이 무엇이건 신은 이미 모두 용서했기 때문이다."

할 린드세이(Hal Lindsay)의 명언을 명심하자. 당신은 이미 용서받았다.

"만약 지옥을 통과하는 중이라면, 멈추지 말고 계속 가라."

누구에게나 지옥 같은 시간이 찾아온다. 힘들고 어려운 순간, 자살은 가장 쉽고 간단한 선택이다. 실수나 잘못으로 괴로운 순간, 자살은 죄의 대가를 치르고 용서받을 수 있는 가장 쉽고 간단한 수단이다. 그래서 사람들은 자신을 죽여 버린다.

특히 우울증 환자는 일반인보다 자살 충동을 억누르기 힘들어한다. 우울증이 심각했던 시기, 나는 매일매일 나를 죽이려는 나 자신과 싸웠다.

'운전대를 조금만 꺾으면 낭떠러지로 떨어져 죽을 거야.'

'14층 아파트 창문을 열고 한 걸음만 내디디면 되는 거야.'

'독극물장을 열고 단 한 병만 훔치면 간단해.'

나는 과학 전공자에다 추리소설 마니아이다. 덕분에 사람을 죽일 수 있는 수많은 방법을 알고 있다. 그러니 나에게 자살의 기회는 수도 없이 많았다. 자살의 유혹은 끝도 없이 지속되었고, 몇 번은 그 유혹에 휩쓸렸다. 하지만 마지막 순간, 나는 끝내 나를 죽이지 않았다.

내가 자살의 유혹을 물리칠 수 있었던 건 우습게도 자존심 때문이었다. 나의 시신이 낯선 타인에게 발견되는 상황이 싫었다. 자살이란 생명의 존엄성을 짓밟는 일이다. 하지만 아이러니하게도 내가 파괴한 나의 존엄성이 타인에게 짓밟히는 일은 꺼려졌다. 그리고 결정적으로 타인이 내 자살에 공감하는 상황은 상상만으로도 끔찍했다.

'나 같아도 죽고 싶겠다. 너무 비참하고 불쌍하네.'

최악의 상황에서 죽고 싶지 않았다. 내 인생을 실패로 끝낼 수는 없었다. 그래서 나는 악착같이 살아남았다. 죽고 싶을 정도로 지옥이 힘들어도 버텨야 한다. 지옥에서 죽어 버려 영원히 지옥에 갇힐 수는 없다.

에밀 뒤르켐[10]은 정신분석학적으로 자살을 크게 3가지로 나누

---

10) 다비드 에밀 뒤르켐(David Émile Durkheim, 1858년 4월 15일~1917년 11월 15일)은 프랑스 사회학자이다. 사회학(Sociology)의 연구대상을 제시하였으며, 통계를 적극적으로 사용하여 현대사회학의 실증론적 기조를 만들었다.

었다. 조병 자살은 환각이나 착란에서 기인하며, 가상의 위험이나 치욕에서 벗어나기 위해 또는 신이 내린 신비한 소명에 복종하기 위해 자살하는 것이다. 극단적인 변동성이 특징이다. 우울증 자살은 자살 충동이 매우 확실하며 끈질기고 집요하다는 특징이 있다. 강박증 자살은 어떤 동기도 없고 뚜렷한 이유도 없이 환자의 마음을 사로잡고 있는 죽음의 관념이 굳어지면서 발생한다. 편집증 형태를 보인다.

또한 에밀 뒤르켐은 사회적 연대에 따라 자살을 4가지로 나누었다. 이기적 자살은 개인이 사회에 결합하지 못해 발생하는 자살이다. 지나친 개인주의로 생긴 우울과 무관심 상태가 특징이다. 이때 개인은 자신을 현실과 연결하는 유일한 매체인 사회에 무관심하기 때문에 삶의 의욕이 없다. 이타적 자살은 개인이 집단이나 공동체에 지나치게 통합되어 있을 때 발생한다. 아노미적 자살은 사회적 혼란 혹은 도덕적 통제의 결여에 의한 자살이다. 숙명적 자살은 사회적 규제가 너무 심하기 때문에 일어나는 자살이다.

과거 덴마크 전사들은 늙고 병들어 죽는 것을 불명예로 여겨 자살했다. 고트족은 자연사하는 사람은 독을 뿜는 괴물로 가득 찬 동굴 속에서 영원히 고통받는다고 믿었다. 그래서 고트족의 노인들은 '선조들의 바위'라는 높은 봉우리에서 몸을 던져 자살했다.

자살의 원인이나 형태는 다양하지만 결론은 한 가지밖에 없다. 자신을 스스로 죽였다는 것. 그 사실만은 변하지 않는다. 인간이 벌일 수 있는 가장 끔찍한 범죄가 살인이다. 자살도 엄연히 살인이다. 잊지 마라. 자살은 피해자와 가해자가 같은 범죄일 뿐이다.

어떤 이유에서든 '죽고 싶다'라는 생각이 들면 일단 정신과 치료를 시작해라. 그래도 나아지지 않는다면 자살 뒤의 내 모습이 어떨지 상상해 보라. 가장 많이 사용하는 자살 방법을 가정해 보자. 수면제로 확실하게 죽으려면 70kg 성인의 경우 졸피뎀 1,000알을 삼켜야 한다. 그렇게 한꺼번에 많은 물을 마시면 다시 토해 내게 되어 있다. 성공해서 죽는다고 해도 시신은 구토물 범벅일 것이다. 이쁘게 잠든 채 죽는 건 드라마나 영화에서나 가능하다. 의자를 놓고 올라가 천장에 줄을 매달아 죽는 것도 힘들다. 보통 가정집 천장에는 줄을 매달만한 것이 없다. 물론 문고리나 욕실 수건걸이를 이용해 목을 매기도 한다. 하지만 목을 매달면 혀가 축 늘어져 입 밖으로 나오게 된다. 또 피가 통하지 않는 얼굴은 시커멓게 변해 부어올랐을 것이다. 뛰어내리는 건 확실한 자살 방법이지만 다른 사람 위로 떨어져 피해를 줄 수도 있다. 그리고 부러지고 깨진 시체는 피 웅덩이를 만들 것이다. 이래저래 죽음의 모습은 아름답기 힘들다. 다른 이에게 두렵고 추한 모습으로 영원히 기억되는 것이 좋은 사람은 아무도 없을 것이다. 이왕이면 깨끗한 시체를 남기고 죽자. 다른 이가 더럽고 추악한 내 시체를 치우게 만들지 말자.

처칠은 90세가 되던 해, 세 번째 발발한 뇌경색으로 몸 왼쪽이 완전히 마비된 뒤 사망했다. 처칠의 국장은 왕실 일원이 안치되는 형식으로 치러졌다. 엘리자베스 2세는 '국왕은 신하의 장례식에 참석하지 않는다'는 불문율을 깨고 런던 세인트 폴 대성당에서 거행된 처칠의 국장에 참석했다. 영국의 노동계는 처칠을 애도하는 의미에서 모든 파업을 일시적으로 중단했다.

처칠은 영국의 위인들과 왕족들이 묻히는 웨스트민스터 사원에 안장되는 것을 거절했다. 처칠은 부모 무덤 옆에 묻히기를 원했다. 유해는 기관차 윈스턴 처칠 호에 실려 옥스퍼드 북서쪽에 있는 작은 마을 블레이던으로 옮겨져 세인트마틴 교회에 안장되었다. 대신 웨스트민스터 사원 정문에는 처칠을 기념하는 석판이 깔려 있다. 석판에는 '윈스턴 처칠을 기억하라'는 문구가 새겨져 있다.

내가 처칠을 존경하는 이유는 처칠이 위대한 정치가나 전쟁

영웅이라서가 아니다. 처칠은 좌절과 절망에 시달리면서도 끝내 삶을 포기하지 않았다. 끝나지 않는 우울증과의 싸움을 지치지 않고 계속했다. 그리고 기어이 자신의 존엄성을 지켜냈다. 살아낸 사람은 누구든 상관없이 존경받을 자격이 있다.

처음에는 사소한 일을 잊어버리거나 착각하는 일이 잦아졌다.
과다한 업무로 힘들었기에 단순히 피곤해서 생긴 증상이라고 생각했다.
나의 우울한 감정 따위는 무시했다.
하지만 어느 날, 퇴근한 나는
아파트 공동현관 앞에서 당황해 주저앉았다.
공동현관 비밀번호가 기억나지 않았다.

~~~~~~~~~~~~~~~~~~~~~~~~~~~~~~~~~~~~

뉴턴은 학교의 잡일을 하면서 공부할 수 있는
서브시디어리(subsidiary) 신분으로 케임브리지대학교에 입학했다.
넉넉한 살림인데도 불구하고 어머니는 학비를 보태주지 않았다.
잡일 중에는 정식 학생인 스칼라(scholar)의 요강을 씻는 일도 있었다.
수학 교수인 아이작 배로를 만나기 전까지 뉴턴은
언제나 돈에 전전긍긍하는 신세였다.

마지막
연금술사

아이작 뉴턴
Sir Isaac Newton

1642년 12월 25일 ~ 1727년 3월 20일(율리우스력)

뉴턴은 다양한 분야에서 위대한 업적을 이룬 영국의 과학자이자 수학자이다. 뉴턴이 없었다면 과학의 발전은 속도가 훨씬 느려졌을 것이다. 뉴턴이 있었기에 현대 과학 이론이 존재할 수 있었다. 스티븐 호킹[11]은 뉴턴을 '과학사에 대적할 자가 없는 거인'이라고 칭송했다. 뉴턴이 없었다면 아마도 현재의 과학 교과서 두께는 훨씬 얇아졌을 것이다. 그래서인지 사과를 들고 있는 뉴턴은 과학 교과서 단골 표지 모델이다.

뉴턴은 조산아로 태어나 양말이나 유리잔에 들어갈 정도로 작았다고 한다. 태어났을 때 이름을 물려준 아버지는 이미 죽은 뒤였다. 뉴턴이 18개월이 되었을 때 어머니 해나 애스큐(Hannah Ayscough)는 이웃 마을 성공회 사제와 재혼하면서 뉴턴을 외가에 맡겼다. 어머니를 그리워한 뉴턴이 찾아갔을 때, 어머니는 임신한 채로 재혼에서 얻은 아이들을 보살피느라 뉴턴을 제대로 쳐다보지도 않았다. 그제야 뉴턴은 자신이 버림받았다는 사실을 깨달았다. 당시 뉴턴의 일기장에는 어머니와 새아버지에 대한 증오만이 가득했다. 새아버지를 죽여 버리겠다거나 집에 불을

---

11) 스티븐 윌리엄 호킹(Stephen William Hawking, 1942년 1월 8일~2018년 3월 14일)은 영국의 이론물리학자이다. 2018년, 뉴턴의 묘 옆에는 스티븐 호킹 박사의 유해가 안치됐다.

지르겠다고 소리를 지르기도 했다.

버림받은 상처는 쉽게 지워지지 않는다. 그것도 어머니에게 버림받았다면 그 상처는 어떤 방법으로도 완치가 불가능하다. 분노, 증오, 상실감, 배신감……, 수많은 부정적 감정이 온몸에 새겨진다. 고통스러울 정도로 슬픈 감정은 증오나 분노로 표출된다. 우울과 절망은 자신이 겪어야 하지만 증오와 분노는 타인을 대상으로 할 수 있기 때문이다. 성인을 대상으로 한 연구에서 과도한 분노는 우울증과 공존하는 경향이 있었다. 우울증 환자의 42%가 화가 난 것으로 분류된다.[12]

통계에 의하면 유아돌연사증후군은 모유보다 우유를 먹이는 가정에서 5배 더 많았고, 어머니와 아기가 따로 자는 경우 10배 더 많이 발생했다. 자는 동안 어머니는 호흡 중추가 미성숙한 아이를 가끔 자극해서 숨을 제대로 쉬도록 해주는데, 따로 자는 아기는 이것이 불가능하기 때문이다. 어머니는 바로 옆에 존재한다는 것만으로도 아기의 생존에 영향을 준다.

어머니의 존재는 아이의 정신적·신체적 성장에도 깊이 관여

---

12) Booij, Wee, Penninx, Does, 2011년.

한다. 마이런 호퍼[13]는 포유류를 대상으로 새끼가 미숙할 때 어미와 떼어놓는 실험을 했다. 연구 결과 새끼들은 신체의 모든 기관에서 손상이 발견되었다.

또 다른 연구는 쥐를 대상으로 했다. 어미가 끊임없이 핥아준 새끼 쥐는 스트레스 반응을 억제하는 회로와 관련된 수용체의 DNA 메틸화 수치가 비교적 높았다. 그리고 스트레스 억제와 관련된 유전자 발현이 적어 불안 수치가 낮은 편이었다. DNA 메틸화는 유전정보를 이용해 단백질이 합성되는 것을 말한다. 어떤 유전자가 발현될지 아닐지는 이 유전자의 메틸화 정도에 따라 결정된다. 메틸화의 정도가 심하면 그 유전자는 발현하기 힘들다.

어미와 장기간 이별한 쥐는 단기간 이별한 쥐보다 스트레스에 대한 생리적·행동적 반응이 훨씬 증가했다. CRF 신경세포의 반응에서 차이가 나기 때문이다. 어미와 오랜 시간 떨어지면 스트레스로 인해 뇌의 CRF 유전자가 발현된다. CRF 유전자는 척수액의 아드레날린(adrenaline)을 늘리고 세로토닌(serotonin)을 줄인다. 아드레날린이나 세로토닌은 인간의 우울증과 밀접한 관계가 있는 신경전달 물질이다. 뇌는 스트레스를 받는 상황에서 아드

---

13) 마이런 호퍼(Myron Hofer, 1931년 12월 20일~)는 미국의 생리학자이다. 컬럼비아 대학교 교수로 재직했다.

레날린을 분비해서 신체 능력과 집중력을 강화하여 작업의 능률을 올린다. 하지만 아드레날린이 과하게 분비되면 다른 곳에 쓰여야 할 에너지가 계속 소모되어 건강이 급격히 악화된다. 세로토닌은 행복감을 포함한 다양한 감정을 느끼는 데 관여한다. 세로토닌 분비가 줄어들면 우울증을 포함한 다양한 정서·행동 장애가 발생한다. 즉, 어린 나이에 어머니와 헤어진 사람은 건강에 문제가 생기거나 우울증에 걸릴 확률이 높다.

우리 사회는 '어머니의 사랑'에 유독 집착하는 경향이 있다. 부성애를 강조한 예술작품에 비해 모성애를 강조한 예술작품은 압도적으로 많다. 교육과 사회화 과정에서도 모성애는 강조된다. 따라서 우리는 모성애란 완벽하고 순수하며 희생적이고 위대한 감정이라고 생각하게 된다. 그렇게 모성애는 신화가 된다.

모성 신화는 귀족들이 인구 감소를 막기 위해 만들었다는 가설이 있다. 중세시대까지만 해도 모성의 위대함을 강조하지 않았다. 아이를 낳기만 했지, 보살핀다는 개념이 없었다. 아기를 바구니에 넣어 난롯가에 내버려 두는 게 고작이었다. 그러니 유아 사망률이 높을 수밖에 없었다. 노동자층의 감소는 곧 생산성의 감소였다. 어떻게든 평민들이 자신의 아기를 잘 보살피게 만들기 위해 귀족들은 예술을 이용했다. 모성의 위대함을 쓰고, 그리고, 노래했다. 귀족들의 의도는 완벽하게 이루어졌다. 어머니들이 양육에 온 힘을 쏟으며 유아 사망률은 급격히 감소했다.

　사실 구전동화나 전설 속에서 아이를 학대하거나 죽이는 사람은 대부분 계모가 아니라 친어머니였다. 구전동화나 전설은 현실을 바탕으로 한다. 친어머니가 아이를 위해 희생하는 동화보다 학대하는 동화가 압도적으로 많다는 사실은 당시 상황을 짐작하게 해준다. 하지만 중세시대에 모성 신화가 강조되면서 동화 속 친어머니는 모두 계모로 바뀌었다.

　시몬 드 보부아르[14]나 엘리자베스 바댕테르[15]는 모성 신화가 강요되는 현재 사회 상황을 비판한다. 하지만 인간이 아닌 동물에게서도 모성애는 발견된다.

　리처드 도킨스[16]는 모성애가 자신과 가장 비슷한 유전자를 보존하기 위한 것이라고 주장한다. 연약한 새끼의 생존율을 높이

---

14) 시몬 드 보부아르(Simone de Beauvoir, 1908년 1월 9일-1986년 4월 14일)는 프랑스의 작가이자 철학자이다. 여성의 억압에 대해 분석한 《제2의 성》은 현대 여성학이 시작되는 계기가 되었다.
15) 엘리자베스 바댕테르(Elisabeth Badinter, 1944년 3월 5일~)는 프랑스의 작가이자 철학자이다. 파리 이공과대학에서 철학교수로 재직했으며, 현대 여성의 사회적 위치와 역할에 대한 철학 논문들을 저술했다.
16) 클린턴 리처드 도킨스(Clinton Richard Dawkins, 1941년 3월 26일~)는 영국의 동물행동학자이자 진화생물학자이다. 진화의 주체가 인간이나 종이 아니라 유전자라는 주장이 담긴 《이기적 유전자》를 저술했다.

기 위해서는 반드시 보살펴줄 어미가 필요하다. 그래서 동물은 모성애가 발휘되는 방향으로 진화했다. 모성애는 본능이 아니라 호르몬의 작용일 뿐이다. 에스트로겐, 프로게스테론, 도파민, 옥시토신, 프로락틴의 분비가 모성애 발휘에 관여한다. 호르몬의 분비량은 출산 뒤부터 모성애가 점차 사라지는 방향으로 변화한다. 모성애의 강도는 새끼를 낳는 순간 정점을 찍은 뒤 새끼가 성장하는 동안 점점 감소한다.

모성에 대한 다양한 관점은 어쨌든 '모성애가 존재한다'는 전제를 바탕으로 한다. 수많은 실험과 연구가 모성애는 아이의 정신적·신체적 성장에 필수적이라고 증명했다. 하지만 뉴턴의 어머니는 뉴턴을 사랑하지 않았다. 나이가 들수록 이해되지 않는 상황이었다. 뉴턴은 똑똑한 아이였다. 그래서 모성 상실을 설명하기 위해 수많은 질문을 자신에게 던졌을 것이다. 왜 나의 어머니는 나를 사랑하지 않는가, 나는 사랑할 가치가 없는 사람인가, 나는 살아갈 필요가 없는 사람인가, 하루에도 몇 번씩 생각했을 것이다. 끊임없이 자신의 존재에 대해 의문을 가지면서 긍정적인 성격으로 자라나는 것은 불가능하다. 그렇게 뉴턴은 우울한 아이가 되었다.

뉴턴의 어머니는 8년 뒤, 새아버지가 죽자 돌아왔다. 어머니는 친정으로 돌아오자마자 뉴턴에게 다니던 학교를 그만두고 농사일을 도우라고 지시했다. 가난하지는 않았지만 농부 집안 출신인 어머니는 교육의 필요성을 인정하지 않았다. 뉴턴은 순순히 어머니의 말을 따랐다. 이때까지만 해도 뉴턴은 어머니에게 사랑받고 싶은 마음이 있었던 것 같다. 다양한 방면에서 두각을 나타내는 뉴턴이지만 농사일을 좋아했을 리는 없을 테니까. 아버지의 친척들이 2년이나 끈질기게 어머니를 설득한 결과, 뉴턴은 그랜섬 공립 중등학교로 돌아갈 수 있었다.

1년 뒤 졸업한 뉴턴은 학교의 잡일을 하면서 공부할 수 있는 서브시디어리(subsidiary) 신분으로 케임브리지대학교에 입학했다. 넉넉한 살림인데도 불구하고 어머니는 학비를 보태주지 않았다. 잡일 중에는 정식 학생인 스칼라(scholar)의 요강을 씻는 일도 있었다. 동급생의 뒤치다꺼리를 하면서 뉴턴이 얼마나 비참했을지 상상도 되지 않는다. 뉴턴은 학생들을 대상으로 사채업을 해서 돈을 벌기도 했다. 수학 교수인 아이작 배로[17]를 만나기

---

17) 아이작 배로(Isaac Barrow, 1630년 10월~1677년 5월 4일)는 영국의 수학자이자 신학자이다. 케임브리지대학교 트리니티 칼리지에서 1대 루카스 석좌교수로 뉴턴을 가르쳤으며, 서브시디어리(subsidiary) 신분이었던 뉴턴이 스칼라(scholar)가 될 수 있도록 도왔다. 또한 뉴턴은 배로의 추천으로 2대 루카스 석좌교수가 되었다. 루

전까지 뉴턴은 언제나 돈에 전전긍긍하는 신세였다. 뉴턴의 어머니는 평생 뉴턴의 재능이나 희망에는 무관심했다. 기른 정이 없어서였는지 유독 뉴턴에게만 애정이 없었다. 이 무렵부터 뉴턴은 어머니에 대한 기대를 접었던 것 같다. 뉴턴이 성공한 뒤에도 어머니는 여전히 뉴턴의 업적에 관심을 가지지 않았다.

증오보다 더 무서운 게 무관심이라는 말이 있다. 관심이 있어야 감정이 생기니까. 자신과는 달리 어머니의 사랑을 받는 이부형제들과 사이가 좋을 리 없다. 뉴턴은 어린 동생들에게 손찌검하기도 했다. 그렇게 뉴턴은 가족에게서 고립되었다. 인간은 사회적 동물이라 서로 관계를 맺는 법이다. 동료, 친구, 연인, 가족 등 다양한 관계는 삶을 풍족하게도 해주지만 상처도 입힌다. 가까운 사이일수록 상처는 깊고 아프다. 특히 가족에게 입은 상처는 치유되기 힘들다. 가족은 일상을 함께 하기에 단점이나 약점을 가장 잘 알고 있다. 그래서 더 치명적인 상처를 입힐 수 있

카스 석좌교수가 되기 위해서는 영국국교회의 사제서품과 비슷한 신앙고백 의식을 통과해야만 했다. 하지만 대학 이름이 트리니티 칼리지(Trinity College), 즉 삼위일체인데도 불구하고 뉴턴은 삼위일체를 부정하고 일신론을 믿었다. 배로는 왕실을 설득해 뉴턴이 신앙고백 의식을 하지 않고 루카스 석좌교수가 되도록 도왔다. 스티븐 호킹도 루카스 석좌교수이다.

다. 게다가 가족은 선택 불가능한 관계이다. 그래서 더 좌절하게 된다.

냉정하게 말하면 가족은 비슷한 유전자를 가진 타인일 뿐이다. 타인을 완벽하게 이해하고 공감하며 타인을 위해 온전히 희생할 수 있는 존재는 드물다. 아무리 비슷한 유전자를 가졌어도, 오랜 시간을 함께 보냈어도, 가족은 타인일 뿐이다. 어렵고 힘들어도 가족과 자신을 분리해야 한다. 가족과 적당히 거리를 두지 않으면 상처투성이가 되어 최악의 이별을 하게 된다.

어렵고 힘든 순간 가족의 지지와 응원은 큰 힘이 된다. 하지만 나의 사랑과 희생을 가족이 그대로 되돌려줄 거라 믿는다면, 착각이다. 세상의 어떤 관계도 '='이 될 수 없다. 어렵고 힘든 상황을 잘 알기에 제일 먼저 도망가는 사람이 가족일 수도 있다. 도망간다고 비난해서는 안 된다. 좌절, 절망, 우울, 불안 등 부정적 감정은 전염이 잘 된다. 우울증에 걸린 가족이 있으면 다른 가족들도 우울증에 걸릴 확률이 높다. 그러니 우울을 마주하면 생존 본능은 빨리 도망치라고 명령한다. 살기 위해 도망간 사람은 용서해주어야 한다.

사랑은 아낌없이 주는 게 아니다. 나에 대한 사랑은 남겨두고 줘야 한다. 내가 나를 사랑해야 다른 사람도 나를 사랑할 수 있다. 그러니 되돌려 받지 않아도 될 만큼 희생하고 사랑하자. 모든 인간관계는 시소를 타는 것과 같다. 관계는 항상 한쪽으로 기울어진다. 하지만 기울어진 채 멈춰있다면 시소를 타는 의미가 없다. 번갈아 가면서 올라가고, 번갈아 가면서 내려가야 한다. 그래야 두 사람 모두 즐거울 수 있다.

우리나라는 핏줄에 집착하는 경향이 있다. 가족이라는 이유로 한 사람에게 희생을 강요하기도 한다. 가족인데도 불구하고 누군가의 희생을 모른 척하는 경우도 많다. 희생하는 한 사람이 불행하다면 그 가족은 행복하다고 말할 수 없다. 그런 희생은 무의미하며 무책임하다. 당신이 희생하는 당사자라면 자신의 삶에 무책임한 것이고, 다른 누군가의 희생을 모른 척한다면 이기적이고 몹쓸 인성을 가진 것이다. 모든 관계는 상호적이어야 유지될 수 있다. 일방적인 관계는 반드시 정리해야 한다. 그래야 자신의 삶을 지킬 수 있다.

흑사병의 유행으로 휴교령이 내려지자 22살의 뉴턴은 고향으로 돌아간다. 뉴턴의 위대한 업적 대부분은 이 시기에 이루어졌다. 만유인력의 법칙, 역학, 광학, 미적분학의 기초는 2년이라는 짧은 시간 동안 완성되었다. 그래서 이 시기를 '창조적 휴가' 또는 '기적의 해'라고 부른다.

어느 날 집 앞뜰에 있는 사과나무 아래 앉아서 졸고 있던 뉴턴은 사과가 자기 머리 위로 떨어지는 것을 보고, 사과를 위나 옆이 아니라 항상 아래로만 떨어지게 만드는 힘이 있다고 생각했다. 뉴턴의 '중력' 개념은 만유인력의 법칙으로 이어진다. 《프린키피아》 원문에 사과나무에 대한 언급이 있고, 뉴턴이 사과에서 영감을 받았다고 직접 말하기도 했다. 볼테르[18]가 여러 번 사과나무 일화를 언급하면서 유명해졌다. 뉴턴의 사과나무는 1820년 바람에 쓰러져서 일부만 보존되어 있다.

'내가 다른 사람보다 더 멀리 앞을 내다볼 수 있다면, 그것은 거인의 어깨 위에 서 있기 때문이다.'

뉴턴이 적대적 관계에 있던 로버트 훅(Robert Hooke)에게 보낸 편지에 있는 문구이다. 뉴턴은 겸손해 보이려고 한 말이었지만 로버트 훅은 자신의 등이 굽고 키가 작은 것에 대한 조롱으로 인식해서 사이가 나빠졌다.

---

18) 볼테르(Voltaire)라는 필명으로 알려진 프랑수아-마리 아루에(François-Marie Arouet, 1694년 11월 21일~1778년 5월 30일)는 프랑스의 작가이다. 볼테르는 평민에 불과한 뉴턴의 성대한 장례식을 보고 놀라서 뉴턴에 관심을 가지게 된다. 볼테르는 뉴턴의 유물론이나 결정론, 기계론 같은 세계관에서 깊은 인상을 받아 계몽주의를 발전시켰다.

뉴턴은 케임브리지대학교에서 학위를 받았고, 교수가 되었다. 뉴턴은 가르치는 일에는 그다지 관심이 없었다. 그래서인지 인기도 없었다. 뉴턴은 최소한 성실한 교수이긴 했다. 아침에 늦게 일어나면 잠옷을 입은 채로 달려와 강의를 했고, 강의실에 학생이 한 명도 없어도 강의를 했다. 나머지 시간은 교수실에 틀어박혀 연구만 했다. 뉴턴의 업적이 알려지며 뉴턴은 점점 유명해졌지만, 어머니는 여전히 뉴턴에게 관심이 없었다. 뉴턴은 죽을 때까지 어머니를 다시는 보지 않았다.

어머니에게 버림받은 기억은 뉴턴으로 하여금 타인을 신뢰하지 않게 만들었다. 타인이 호의를 보이면 우선 의심부터 했다. 그러니 인간관계는 진전되지 않았다. 친구도 연인도 없었다. 뉴턴은 언제나 혼자였다.

뉴턴은 죽기 전에 자신이 동정이라고 고백했는데, 이에 대해서는 여러 가지 가설이 있다. 짝사랑한 하숙집 딸 캐서린 스토어에게 실연 당한 상처를 극복하지 못했다는 설, 성적으로 불구라는 설, 네덜란드의 젊은 수학자 파티오 드 뒬리에(Fatio de Duillier)와의 동성애자설 등이 있지만 어느 것도 증거는 없다. 케임브리지 대학에선 펠로우의 결혼을 허락하지 않아서 독신을 유지했을 가능성도 있다.

어쨌든 뉴턴은 죽을 때까지 연구에만 매달렸다. 그 누구도 믿지 않았기에 뉴턴의 연구는 언제나 비밀이었다. 그래서 문제가 됐다. '행성궤도는 타원'이라는 계산을 서로 먼저 했다고 로버트 훅[19]과 싸웠고, 미적분을 서로 먼저 발견했다고 라이프니츠[20]와 다퉜다. 로버트 훅을 얼마나 증오했던지 뉴턴은 왕립학회 회장이 되자마자 건물에 있는 훅의 초상화를 모두 없애버렸다. 라이프니츠와의 싸움은 영국과 독일 간의 싸움으로 번지기까지 했다. 당시 라이프니츠는 베를린 과학 아카데미 원장이었고, 뉴턴은 영국 왕립협회 회장이었다. 영국은 라이프니츠의 미적분을 사용하지 않겠다고 선언하는 바람에 수학 분야에서 100년이나 뒤처졌다.

대인기피증이 있는 뉴턴이었지만 다른 동료를 완전히 내치지는 않았다. 에드먼드 핼리[21]가 혜성의 운동에 대해 물어보기 위해 케임브리지 대학까지 왔을 때도, 혜성 궤도는 타원이라는 계산

---

19) 로버트 훅(Robert Hooke, 1635년 7월 18일~1703년 3월 3일)은 영국의 자연 철학자이자 과학자이다. 현대 현미경학의 기초를 마련했다.

20) 고트프리트 빌헬름 라이프니츠(Gottfried Wilhelm Leibniz, 1646년 7월 1일~1716년 11월 14일)는 독일의 수학자이자 과학자이다. 무한소 미적분을 창시하였으며, 라이프니츠의 수학적 표기법은 아직까지도 널리 쓰인다.

21) 에드먼드 핼리(Edmond Halley, 1656년 11월 8일~1742년 1월 14일)는 영국의 천문학자, 기상학자, 물리학자, 수학자이다. 핼리 혜성의 궤도와 주기를 예측하였기에 혜성의 이름을 '핼리'로 명했다.

결과를 스스럼없이 공개했다. 핼리는 뉴턴의 뛰어난 연구 실적에 놀라 연구 결과를 모아 출판하라고 독려한다. 뉴턴은 언제나 그랬듯 '창조적 휴가' 시절 깨달은 모든 것을 혼자만의 비밀로 간직하고 있었다. 핼리는 뉴턴의 연구 일지 정리하는 일을 도맡았으며, 뉴턴에게 존경을 표하는 라틴어 서문도 쓰고, 교정까지 했다. 그리고 사비를 들여 《프린키피아》를 출판하였다. 핼리가 없었다면 뉴턴의 《프린키피아(자연철학의 수학적 원리, Philosophiae Naturalis Principia Mathematica)》는 존재하지 않았을 것이다.

"도대체 왜 나는 우울한 것인가?"

나에게 수없이 한 질문이다. 객관적으로 냉정하게 평가하자면 나는 모든 면에서 평균 이상의 성취를 이루었다. 해고될 걱정 없는 안정적인 교사라는 직업을 가지고 있고, 내가 꿈꾸던 대로 꾸준히 글도 쓰고 있다. 신체적 장애도 없고 잔병치레는 많지만 심각한 불치병에 걸린 적도 없다. 가족이나 친구와도 잘 지내는 편이다.

물론 트라우마를 겪기는 했다. 하지만 오래전이었다. 일부러 트라우마를 겪은 학교에서 멀리 떨어진 곳으로 왔다. 하루 종일 트라우마 생각에 매달리지도 않는다. 항우울제도 꼬박꼬박 복용하고 있다. 치료를 시작한 지 벌써 5년이 넘었다. 다른 사람이라면 진즉에 완치되었을 시간이 흘렀다. 그런데도 우울증이 나아지지 않는 이유가 뭔지 고민했다. 이유를 찾기 위해 우울증에 관한 책을 닥치는 대로 읽었다. 그리고 전달 유전자가 짧은 사람이 우울증에 걸리거나 자살할 확률이 더 높다는 결론을 얻어냈다. 사람마다 시련에 대처하는 능력이 똑같지 않다는 뜻이었다. 선천적인 것은 나의 노력이나 의지로 변하지 않는다. 그냥 받아들이는 수밖에 없다.

우울증의 원인은 크게 3가지로 압축된다. 생화학적 요인은 뇌 안에 있는 신경전달물질과 호르몬 이상 등을 뜻한다.[22] 유전적 요인도 문제가 된다. 환경적 요인은 트라우마, 경제적 문제, 사랑하는 사람의 죽음 등이 있다. 우울증은 보통 여러 원인이 복합적으로 작용해 발생한다.

우울증은 다양한 증상으로 분류된다. 일반적인 우울증은 우울한 기분이나 의욕 저하가 주된 증상이다. 잠이 잘 오지 않고 자주 깨고 일찍 일어난다. 만성 우울증은 경도 우울증이 1년 이상 지속될 때를 말한다. 회피성 우울증은 트라우마 때문에 발

---

22) 신경전달물질은 노르에피네프린, 세로토닌, GABA 등이 있다. 호르몬 이상은 갑상선 호르몬, 성장 호르몬, 시상하부-뇌하수체-부신피질 축에 문제가 생긴 경우를 뜻한다.

생한다. 양극성장애 혹은 조울증은 만성 우울증이 지속되는 도중에 조증 삽화가 일어난 경우를 의미한다. 반복성 우울증은 일상생활에 심한 지장을 주는 중등도 또는 고도 이상의 우울장애가 1년 이상 지속될 때 진단된다. 멜랑콜리아형 우울증(major depression with melancholic features)은 우울한 기분은 없지만 흥미와 즐거움이 현저하게 감소한다. 불안성 우울증은 불안하고 초조한 모습이 주로 나타나는 경우를 뜻한다. 장래성 우울증은 자신의 미래에 대한 심한 걱정 때문에 우울감을 자주 느끼는 것이다. 망상형 우울증은 사실이 아닌 망상을 믿고 우울증 증세가 보일 때 일어난다. 비정형 우울증(atypical depression)은 우울하지만 즐거운 일이나 기쁜 일에 정상적으로 반응한다. 그래서 자신도 우울증이라고 자각하지 못한다.

나이가 들어도 뉴턴의 우울증은 나아지지 않았다. 오히려 정신착란 증세까지 나타나기 시작했다.

'저는 자진하여 철학의 노예가 되었습니다만, 제가 리누스[23] 씨

---

23) 프랜시스 홀(Francis Hall)의 라틴어 이름이 리누스(Linus)이다. 영국 예수회 소속으로, 벨기에의 잉글리시 칼리지 교수이다. 1674년부터 올덴부르크를 통해 끊임없이 뉴턴의 논문을 비판했다.

와의 일에서 자유로워진다면, 앞으로는 나 혼자만의 만족을 위한 것 외에는 철학에 이별을 고하고 물러나겠습니다.'

뉴턴은 우울증이 심각해지자 헨리 올덴부르크[24]에게 보낸 편지에서 자연과학 연구를 그만두겠다고 선언한다. 그리고 올덴부르크에게 자신을 왕립학회로부터 영구 제명해 달라고 요청했다. 하지만 왕립학회는 오히려 회비 면제라는 특권까지 부과하며 뉴턴을 붙잡았다. 뉴턴은 점점 더 폐쇄적이 되어 누구와도 만나기를 거부했으며 망상으로 괴로워했다. 또한 심각한 거식증 증세를 보였고, 자존감 하락으로 자학했으며, 분노를 조절하지 못했다.

어떤 학자들은 '창조적 휴가' 무렵 뉴턴의 조현병이 시작되었다고 주장한다. 조현병은 창의적 사고를 촉발하기에 뉴턴이 폭발적인 지적 각성을 했다는 것이다. 일반적으로 조현병 환자들은 타인에 대해 극도로 민감해서 자기 붕괴가 이루어질 수도 있기 때문에 대인 기피 증세를 보인다.

---

24) 헨리 올덴부르크(Henry Oldenbourg, 1618년경~1677년 9월 5일)는 독일의 신학자, 외교관, 자연철학자이다. 영국 왕립협회가 편찬하는 과학학술지 〈철학회보〉의 편집자였다. 왕립학회는 세계에서 가장 오래된 과학학회다. 1660년 영국 런던 자연철학자들과 물리학자들이 만든 '보이지 않는 대학'이란 모임이 기원이다.

어떤 학자들은 연금술 실험으로 인한 수은 중독으로 인해 정신착란이 발병했다고 주장한다. 뉴턴의 사후 부검을 한 결과 머리카락에서는 다량의 수은이 검출되었다. 뉴턴이 남긴 연구일지를 분석한 결과 뉴턴은 나이가 들수록 연금술과 점성술 연구에 매달렸다. 연금술은 궁극적으로 '현자의 돌'을 만들어내기 위한 것이다. '현자의 돌'은 모든 금속을 금으로 바꿀 수 있으며, 불로장생의 약물이기도 하다. 수은은 '현자의 돌'을 만들기 위한 필수적인 재료 중 하나였다.

당시에는 연금술을 연구하다 발견되면 공개 교수형을 당했다. 그래서 뉴턴은 조수도 없이 몰래 연금술 실험을 했고, 연구일지도 암호를 사용해 작성했다. 불행하게도 방대한 연구일지의 대부분은 뉴턴의 개 다이아몬드가 낸 불로 인해 타버렸다. 유족들도 뉴턴의 유품을 정리하다 뉴턴이 연금술 연구를 했다는 것을 알게 된다. 하지만 유족들은 뉴턴의 위상에 흠이 될까 봐 연구일지를 공개하지 않았다. 뉴턴이 죽은 지 200년도 넘게 지난 1936년이 되어서야 연구일지가 공개되었다.

뉴턴의 정신착란은 우울증이 악화되어 발생했을 가능성도 있다. 우울증이 심각해지면 망상이나 환각 등 정신착란 증상이 나타나기도 한다. 그리고 우울증이 만성이 되면 가성치매로 발전하는 경우도 있다. 가성치매는 치매와 똑같은 증상을 보인다. 즉, 집중력이나 기억력 등의 인지 능력이 저하되고 인격도 변화한다.

나는 우울증이 악화되어도 정신과 병원에 가지 않았다. 정신과는 미친 사람이나 가는 곳이라고 생각했다. 우울이라는 감정이 시간이 흐르면서 옅어질 거라고 생각했다. 하지만 나의 착각이었다.

처음에는 사소한 일을 잊어버리거나 착각하는 일이 잦아졌다. 내가 가장 좋아하는 독서를 하는데도 불구하고 집중하지 못했다. 당시 과다한 업무로 힘들었기에 단순히 피곤해서 생긴 증상이라고 생각했다. 새벽 6시에 일어나 출근하고 10시가 넘어 퇴근하는 일이 일상이었다. 번아웃 상태였지만 책임감 때문에 꾸역꾸역 출근했다. 하루하루 버텨내기 위해 온 힘을 썼다. 나의 우울한 감정 따위는 무시했다.

하지만 어느 날, 퇴근한 나는 아파트 공동현관 앞에서 당황해 주저앉았다. 공동현관 비밀번호가 기억나지 않았다. 아무리 생각해도 머릿속은 텅 빈 채였다. 숫자 하나도 기억나지 않았다. 나는 점점 공포에 질려갔다. 다행히 음식물쓰레기를 들고 밖으로 나오는 주민이 있어서 공동현관으로 들어설 수 있었고, 현관

문은 디지털 키로 열었다. 현관문이 닫히기도 전에 다리에 힘이 풀려 주저앉았다. 우울증이 악화되면 가성치매가 발병할 수 있다는 사실만 머릿속을 맴돌았다. 치매의 초기 증상이 바로 인지력과 집중력 저하이다.

두려웠다. 무서웠다. 내가 미칠지도 모른다는 가능성은 끔찍하고 비참했다. 온몸이 차가워지고 떨렸다. 우울증으로 자살하는 것은 오히려 사소한 문제가 되어 버렸다. 자신을 잃어버린 채 살아가는 나의 모습은 상상할 수도 없었고 당연히 용납할 수도 없었다. 나는 결국 우울증 치료를 받기로 결심했다. 하지만 결심하고도 꽤 오랜 시간이 지나서야 정신과 병원에 발을 디딜 수 있었다. 다행히 치료를 받고 우울감이 줄어들면서 일상생활이 가능해졌다.

가성치매는 항우울제 복용을 비롯한 여러 방법으로 치료가 가능하다. 하지만 우울증으로 인한 인지 저하가 만성화되거나 우울증이 재발하면 치매로 발전할 가능성이 높아진다. 우울증은 기억력을 책임지는 해마의 신경세포를 손상한다. 해마가 위축되면 인지 저하가 일어나 기억력과 주의력이 떨어지고 결정 장애가 온다. 뇌에 실질적인 변화가 생기기 때문이다. 즉, 우울증을 치료하지 않고 내버려 두면 뇌 병변이 생겨 치매에 걸릴 수 있다.

항우울제는 신경전달물질의 분비량을 늘리지만, 변형된 뇌는 되돌릴 수 없다. 연구에 따르면 우울증 환자의 절반 정도가 완치 후에도 인지 능력이 회복되지 않았다. 에리스로포이에틴[25]을 복용하면 인지 능력이 강화되나 혈관 내 적혈구 밀도를 높이므로 흡연자나 혈전증 환자는 복용할 수 없다.

주의력결핍과잉행동장애(ADHD, attention deficit hyperactivity disorder) 환자는 집중을 어려워하며 산만하고 충동적 행동을 한다. ADHD는 자폐스펙트럼장애, 우울증, 양극성정동장애, 조현병 등과 특정 유전자를 공유한다. 그래서 우울증 환자들은 주의 집중력이 떨어져 힘들어하는 경우가 많다. ADHD 환자는 뇌의 전체 크기도 보통 사람보다 3~5% 작고 특히 회백질 부위가 작다. 그래서 디폴트 모드 네트워크의 연결도가 약하고, 전전두엽과 선조체 회로의 연결도도 약해진다.[26] ADHD 환자가 보통 사람보다 자주 머리가 새하얘진다고 느끼며 멍해지는 것은 이런

---

25) 에리스로포이에틴(erythropoietin)은 신장에서 만들어지는 당단백 호르몬이다.
26) 디폴트 모드 네트워크(DMN)는 우리가 의식적으로 뭔가를 하고 있지 않을 때, 즉 멍하게 있거나 몽상에 빠지거나 잡생각을 하거나 명상을 할 때 활발하게 작동하는 뇌의 영역들을 통칭하는 말이다. 선조체(striatum)는 뇌 기저핵(Basal ganglia)의 한 영역으로 대뇌피질 및 시상과의 신경망 연결을 통해 자발적인 움직임을 선택하고 시작하게 만든다.

변화와 관련이 깊다.

메틸페니데이트는 중추신경흥분제로 전두피질의 활성화를 강화해 집중력을 높여주기 때문에 ADHD 치료제로 사용된다. 속방형(약물이 빠르게 방출되는 제형) 제제에는 페니드 등의 제품이 있고, 서방형(약물이 서서히 방출되는 제형) 제제에는 메디키넷리타드, 콘서타, 메타데이트 등의 제품이 있다.

우울증이 심각했던 시기 나는 페니드를 복용할 정도로 집중력이 약했다. 페니드를 복용하면 인지 능력과 집중력이 향상되어 무슨 일이든 쉽고 간편하게 할 수 있었다. 게다가 나를 지배하던 무기력이 사라지고, 무언가를 할 의지가 생겼다. 인간의 모든 행동에는 뇌가 관여한다. 하물며 청소나 설거지를 할 때도 페니드를 복용하면 훨씬 더 쉽고 빠르게 할 수 있었다. 하지만 현재 성인이 페니드를 처방받을 수 있는 경우는 밤에 수면을 충분히 취했음에도 갑자기 참을 수 없는 졸음이 오는 수면발작(sleep attack)이 일어나는 때로 제한한다.

결국 나의 인지 능력이나 집중력은 예전 상태를 회복하지 못했다. 노화로 인한 인지 능력 감소일 가능성이 높지만 혹시나 내가 더 빨리 우울증 치료를 받았다면 현재 상태보다 조금 더 낫지 않을까 하는 생각이 든다. 그러니 우울증 치료를 망설이는 사람들에게 조금이라도 빨리 치료를 시작하라고 말하고 싶다.

뉴턴은 말년에 정신착란이 심해지면서 학문 연구보다는 다른 일을 하기 바랐다. 뉴턴은 국회의원, 왕립 조폐국장, 왕립학회 회장 등의 다양한 활동을 하며 더욱더 명성을 쌓았다. 이부 여동생 해나 스미스와 화해한 뒤 좋은 관계를 유지했고, 해나의 딸인 캐서린 바턴[27]을 친자식처럼 아껴서 함께 살기도 했다. 캐서린의 9살 연하 남편 존 콘뒤트는 뉴턴을 따라 조폐국에 들어가기도 했다. 캐서린은 화폐 개혁을 주도한 몬태규 백작의 집에서 가정부로 일했는데, 어찌나 가깝게 지냈는지 몬태규 백작과 스캔들이 나기도 했다. 몬태규 백작은 귀족 중에서도 꽤 중요한 직책을 맡고 있었기에, 뉴턴이 조폐국장이 되고 여왕으로부터 기사 작위를 받을 수 있도록 도왔다. 뉴턴은 학자로서 업적을 인정받아 작위를 받은 최초의 인물이다.

뉴턴은 오랫동안 신학을 연구하면서 삼위일체를 믿지 않게 되었다. 당시에는 삼위일체를 부정하면 이단으로 취급해 교수형을 시키기도 했다. 그래서 뉴턴은 죽을 때까지 삼위일체를 부정한다는 말을 꺼내지 않았다. 하지만 임종 직전, 뉴턴은 영국 교회

---

27) 캐서린 바턴(Catherine Barton, 1679년~1739년)은 뉴턴의 조카이다. 몬태규 백작(Charles Montagu, 1st Earl of Halifax)과 불륜이라는 소문이 돌았다. 몬태규 백작은 캐서린에게 거액의 유산을 남겨 다시 한 번 스캔들에 불을 붙였다.

의 종부성사를 거부하면서 자신의 생각을 분명히 드러냈다. 그리고 뉴턴은 84세의 나이에 폐렴과 통풍, 담석 등의 노환을 앓다 잠자던 중 세상을 떠났다.

당연히 뉴턴의 장례는 국장으로 치러졌다. 뉴턴의 시신 운구는 상원의장과 5명의 귀족이 맡았다. 뉴턴은 웨스트민스터 사원에 안장되었다.

시인 알렉산더 포프(Alexander Pope)는 뉴턴을 기리면서 《성경》 구절을 인용했다.

"자연과 자연의 법칙들이 어둠 속에 숨어 있었다. 신께서 '뉴턴이 있으라' 하시자, 만물이 밝아졌다."

비록 어머니에게서는 버림받았지만, 뉴턴은 몇백 년이 흐른 지금도 수많은 사람의 존경과 사랑을 받고 있다. 뉴턴의 사과나무를 보기 위해 모여든 사람들로 뉴턴의 생가는 언제나 북적거린다. 아마 이제는 뉴턴도 외롭지 않을 것이다.

실패한 나의 모습을 들키고 싶지 않았다.
실패했다는 사실만으로도 끔찍한데
그걸 다른 사람이 알게 되는 일은 더 끔찍했다.
그래서 일부러 밝고 명랑한 모습을 꾸며냈다.
좌절과 절망은 꼭꼭 숨겼다.
그렇게 가면을 쓰고 살자니 몇 배로 더 힘들었다.

～～～～～～～～～～～～～～～～～～～～～

라흐마니노프도 초연을 기다렸다.
교향곡 악보 첫머리에 톨스토이의 《안나 카레니나》에서
발췌한 문장을 적어 넣으며, 24살의 라흐마니노프는 성공을 자신했다.
하지만 기대가 크면 실망도 큰 법이었다.
라흐마니노프의 〈제1번 교향곡〉 초연은 엉망진창이었다.
모든 악평은 작곡가인 라흐마니노프를 향했다.

나를 위한 레퀴엠

세르게이 바실리예비치 라흐마니노프

Sergei Vasil'evich Rakhmaninov

/

1873년 4월 1일 ~ 1943년 3월 28일

한국에서 유난히 사랑받는 러시아 출신 후기 낭만파 작곡가인 라흐마니노프는 생전에 피아니스트로 더 명성을 떨쳤다. 20세기 최고의 피아노 연주자로 불리는 호로비츠[28]가 닮고 싶은 사람이 라흐마니노프였다. 호주의 매거진 〈라임라이트〉가 세계적인 피아니스트 100명을 대상으로 한 설문조사에서 '가장 위대한 피아니스트'로 꼽힌 사람도 바로 라흐마니노프였다.[29]

라흐마니노프는 음악적 재능뿐만 아니라 신체적 조건도 특이했다. 키가 198cm나 되었던 라흐마니노프는 마르팡증후군[30] 혹은 말단비대증[31]을 앓은 것으로 추측되는데 30cm나 되는 큰 손은 건반 13도를 짚을 수 있을 뿐만 아니라 유연하기까지 했다. 본인의 우월한 신체적 조건에 맞추어 작곡을 했기 때문에 라흐

---

28) 블라디미르 사모일로비치 호로비츠(Vladimir Samoylovych Horowitz, 1903년 10월 1일~1989년 11월 5일)는 우크라이나 출신의 미국 피아니스트이다. 20세기 가장 위대한 피아니스트 중 한 명으로 평가받고 있다.

29) 2위는 호로비츠, 3위는 리히터, 4위는 아르투르 루빈슈타인, 5위가 에밀 길렉스였다. 그리고리 소콜로프, 안드라스 쉬프, 알프레드 브렌델 등이 설문에 참여하였다.

30) 마르팡증후군(Marfan syndrome, MFS)은 선천성 발육 이상의 일종이다. 마르팡증후군 환자는 비정상적으로 키가 크고 몸이 유연하며 손가락 길이가 길다.

31) 말단비대증(acromegaly)은 성장 호르몬의 과다분비로 인하여 손, 발, 코, 턱, 입술 등 신체의 말단이 비대해지는 만성질환이다. 말단비대증에 걸리면 앞이마가 튀어나오고 턱이 튀어나와 얼굴이 변하며, 손과 발의 크기가 비정상적으로 커진다.

마니노프의 피아노곡들은 모두 최상급의 연주 기교가 필요하다.

오죽했으면 〈제3번 피아노 협주곡〉은 '악마의 협주곡'이나 '피아니스트의 무덤'으로 불린다. 이 곡을 헌정 받은 피아니스트 요제프 호프만[32]조차도 '나를 위한 곡이 아닌 것 같다'며 연주를 거절했다. 영화 〈샤인〉에서는 데이비드 헬프갓[33]이 이 곡을 연습하다가 조현병을 앓게 되었다고 묘사된다. 라흐마니노프도 "내가 왜 이런 곡을 작곡했는지 모르겠다"라거나 "코끼리를 위해 작곡했다"고 말할 정도였다.

라흐마니노프는 탁월한 기억력의 소유자이기도 했다. 모스크바 음악원 시절 동급생인 알렉산드르 골덴바이저(Alexander B. Goldenweiser)는 "라흐마니노프는 마음에 드는 곡이라면 한 번 들어보고도 모두 외워서 연주했다"고 증언했다. 스트라빈스키[34]는

---

32) 요제프 호프만(Josef Hoffmann, 1876년 1월 20일~1957년 2월 16일)은 폴란드계 미국인 피아니스트이자 발명가이다. 호프만은 손과 키가 작아 스타인웨이에서 호프만을 위한 수제 피아노를 제작해주었다. 라흐마니노프의 〈제3번 피아노 협주곡〉를 거절한 이유가 작은 손으로는 도저히 연주가 불가능해서라는 설이 있다. 호프만의 손 길이는 8도로 도에서 다음 옥타브 도까지 닿았다. 또한 발명가였던 호프만은 70개가 넘는 특허를 보유하고 있었으며 자동차 와이퍼도 발명했다.
33) 데이비드 헬프갓(David Helfgott, 1947년 5월 19일~)은 호주의 피아니스트이다. 조현병으로 12년 동안 정신병원에 입원해 있었다. 15살 연상의 길리언 머레이(Gillian Murray)를 만나 피아니스트로 복귀했다.
34) 이고르 표도로비치 스트라빈스키(Igor Fyodorovich Stravinsky, 1882년 6월 17일~1971

라흐마니노프를 '6피트 반의 괴물'이라 불렀다.

라흐마니노프는 부유한 귀족 가문에서 태어났다. 근위대 대장인 아버지 바실리(Vasily Rachmaninoff)는 피아노 연주를 즐겼고, 장군의 딸인 어머니 류보프 부타코바(Lyubov Petrovna Butakova)는 가족음악회를 열기도 했다. 라흐마니노프는 4살 때부터 어머니에게 피아노를 배우기 시작했는데, 한 번 들은 멜로디를 완벽하게 외워 연주할 정도로 천재적 재능을 보였다. 그 사실을 전해 들은 라흐마니노프의 친할아버지는 상트페테르부르크 음악원 졸업생을 가정교사로 고용했다.

라흐마니노프의 외할머니와 어머니는 독실한 정교회 신자로, 주일마다 어린 라흐마니노프를 교회에 데려갔다. 러시아 정교회의 종은 종지기의 손과 발에 밧줄로 매달아 동시다발적으로 친다. '종소리'는 라흐마니노프의 음악적 모티브 중 하나가 되어 다양한 곡 속에 녹아들게 된다. 대표적으로 전주곡 〈러시아의 종〉, 합창교향곡 〈종〉 등이 있다.

년 4월 6일)는 러시아 제국 출신 미국의 작곡가이다. 대표작 〈봄의 제전〉은 전위파의 시작을 촉발했다.

라흐마니노프는 음악을 더 깊이 배우기 위해 10살 때 상트페테르부르크 음악원에 입학했다. 하지만 얼마 지나지 않아 도박 중독에 빠진 아버지가 전재산을 탕진하고 모스크바로 도망치듯 떠나버린다. 어머니와는 당연히 이혼한 뒤였다. 어머니는 가족이 살던 저택을 팔고 상트페테르부르크의 작고 낡은 아파트로 이사를 한다. 누나 소피아는 돈이 없어 제때 치료받지 못하고 디프테리아로 사망한다. 형은 가출해 홀연히 사라진다. 차이콥스키[35]의 곡들을 알려주고, 동생의 피아노 반주에 맞춰 노래 부르기를 즐겼던 누나 옐레나까지 사망한다.

다행히 라흐마니노프는 장학금을 받아 음악 공부는 계속할 수 있었다. 하지만 당시 라흐마니노프는 방황하느라 학업에는 무관심했다. 몰락한 집안, 부모의 이혼, 누이의 죽음, 아버지의 실종 등은 라흐마니노프의 성격까지 바꾸었다. 라흐마니노프는 내성적이고 우울한 아이가 되었다. 어머니는 라흐마니노프의 방황을 잠재우기 위해 모스크바에 있는 고모 집으로 보낸다.

---

35) 표트르 일리치 차이콥스키(Piotr Ilyitch Tchaikovsky, 1840년 5월 7일~1893년 11월 6일)는 러시아 제국의 작곡가이자 지휘자이다. 〈백조의 호수〉, 〈호두까기 인형〉, 〈비창〉, 〈사계〉 등을 작곡했다. 라흐마니노프는 차이콥스키의 〈잠자는 숲속의 미녀〉, 〈6개의 로망스〉를 편곡했다. 라흐마니노프는 차이콥스키가 죽고 나서 심각한 우울증에 시달렸다. 라흐마니노프는 〈슬픔의 3중주〉를 쓰며 차이콥스키를 기렸다.

12살에 모스크바에서 니콜라이 즈베레프[36]를 만나며 라흐마니노프의 방황은 끝났다. 즈베레프에게 체계적으로 교육을 받으며 라흐마니노프의 천재성은 더욱 빛나기 시작했다. 즈베레프는 라흐마니노프가 최고의 피아니스트가 될 것이라 확신했다. 라흐마니노프는 새벽 6시에 일어나 피아노 연습을 해야 했다. 즈베레프는 연주가 마음에 들지 않으면 때리기도 했다. 또한 즈베레프는 라흐마니노프가 연주에 집중할 수 있도록 작곡을 금지했다. 하지만 라흐마니노프는 몰래 작곡을 하다 들켜 쫓겨나게 된다. 쫓겨난 라흐마니노프는 리스트의 제자이자 사촌 형인 알렉산더 질로티[37]에게 피아노를 배우게 된다.

라흐마니노프는 집안의 전통에 따라 사관학교에 진학해야 했지만, 비싼 학비가 걸림돌이었다. 결국 14살에 모스크바 음악원에 입학했다. 라흐마니노프의 가난은 우리에게 행운이었다. 라흐마니노프가 부유했다면 우리는 최고의 음악가를 군대에 빼앗겼을 테니까 말이다. 라흐마니노프는 모스크바 음악원에서 세르

---

36) 니콜라이 즈베레프(Nikolai Zverev, 1833년 3월 13일~1893년 10월 12일)는 러시아의 피아니스트이다.
37) 알렉산더 질로티(Alexander Ziloti, 1863년 10월 9일~1945년 12월 8일)는 러시아 피아니스트이자 작곡가이다.

게이 타네예프[38]와 안톤 아렌스키[39] 등에게서 작곡을 배웠다.

라흐마니노프는 푸시킨의 〈집시들〉에서 영감을 받아 오페라 〈알레코〉를 완성한다. 그리고 졸업 연주회에서 〈알레코〉를 연주한다. 라흐마니노프는 심사위원 만장일치로 최우수상을 받으며 모스크바 음악원을 조기 졸업했다. 당시 러시아 최고의 음악가이자 라흐마니노프의 우상이었던 차이콥스키는 라흐마니노프의 졸업 연주 뒤 자리에서 일어나 박수를 쳤다고 한다. 또한 차이콥스키는 라흐마니노프가 볼쇼이 극장에서 공연할 수 있도록 주선까지 해주었다. 당시까지도 앙금이 남아 사이가 서먹했던 스승 니콜라이 즈베레프도 금시계를 선물하며 졸업을 축하했다.

"감정을 표현하려면 말을 하는 것처럼, 나도 내 감정과 생각을 표현하기 위해 작곡한다."

라흐마니노프는 피아노과를 18살에, 작곡과는 19살에 수석으

---

38) 세르게이 이바노비치 타네예프(Sergey Ivanovich Taneyev, 1856년 11월 25일~1915년 6월 19일)는 러시아의 작곡가이자 피아니스트이다. 또한 이론가 · 음악교육가이기도 하다.
39) 안톤 스테파노비치 아렌스키(Anton Stepanovich Arensky, 1861년 7월 12일~1906년 2월 25일)는 러시아의 작곡가이다.

로 졸업했다. 라흐마니노프는 천재 음악가로 유명해졌다. 당시 라흐마니노프는 연주가보다는 작곡가가 되고 싶어 했다. 모두 라흐마니노프의 첫 연주회를 기대했다.

라흐마니노프도 초연을 기다렸다. 자신의 상처와 고통을 녹여 낸 곡이었다. 라흐마니노프는 레퀴엠(위령미사곡) '진노의 날(Dies Irae)' 멜로디에 집착했는데 첫 교향곡에도 당연히 사용했다. 진노의 날은 기독교에서 최후의 심판의 날을 의미한다. 많은 작곡가들이 이 멜로디를 썼지만, 라흐마니노프는 우울증 때문인지 유난히 이 멜로디에 집착했다. 교향곡 악보 첫머리에 톨스토이의 《안나 카레니나》에서 발췌한 문장을 적어 넣으며, 24살의 라흐마니노프는 성공을 자신했다.

하지만 기대가 크면 실망도 큰 법이었다. 라흐마니노프의 〈제1번 교향곡〉 초연은 엉망진창이었다. 지휘자 알렉산드르 글라주노프[40]는 곡을 제대로 분석하지도 않았고, 연습도 게을리했으며, 연주회 당시에는 취해 있었다. 하지만 모든 악평은 작곡가인 라흐마니노프를 향했다.

---

40) 알렉산드르 콘스탄티노비치 글라주노프(Alexandr Konstantinovich Glazunov, 1865년 8월 10일~1936년 3월 21일)는 러시아의 작곡가이자 지휘자이다.

'라흐마니노프의 〈제1번 교향곡〉은 《성경》에서 모세가 이집트를 탈출할 때 내렸던 10대 재앙 중 하나와 비슷하다. (중략) 지옥의 음악학교에서나 나올 수 있는 음악이다.'

비평가 세자르 쿠이(Cesar Cui)는 냉정하고 잔인하게 라흐마니노프의 곡을 비판했다.

라흐마니노프의 음악이 차이콥스키의 영향을 많이 받았다는 것도 비난의 이유 중 하나였다. 차이콥스키는 초기에 러시아의 민족주의 음악파인 국민악파의 영향을 받았으나 후기에는 유럽 낭만주의 경향의 곡을 작곡하였다. 국민악파는 러시아의 전통이 아닌 유럽의 전통을 따르는 차이콥스키를 배신자로 규정하고 배척했기에, 차이콥스키의 대를 잇는 라흐마니노프가 못마땅했던 것이다.

언제나 칭찬만 받던 천재가 인생에서 처음으로 겪는 완벽한 실패였다. 라흐마니노프는 절망이라는 감정에 내성이 없었다. 라흐마니노프는 좌절에서 빠져나오는 법을 배우지 못했다. 그래서 자신을 죽이려고 시도한다.

성공만 하는 인생이 꼭 좋은 것만은 아니다. 작고 사소한 실패는 오히려 행운일 수 있다. 수없이 실패를 받아들이면서 마음은 더 단단하고 강해진다. 어떤 실패는 성공을 위한 길이 될 수도 있다. 수많은 실패를 통해 무엇이 잘못되었는지 파악하고 고쳐서 다시 시도하면 된다. 그렇게 성공하는 이들도 많다.

입시, 취업, 결혼, 출산, 양육……. 인생의 단계마다 시험이 존재한다. 인생을 바꿀 정도로 중요한 시험이다. 그러니 반드시 성공해야만 한다는 압박감이 존재한다. 타인의 시선에 민감하고 자존심이 센 사람에게 실패는 더 크게 다가온다. 내가 그랬다. 실패한 나의 모습을 들키고 싶지 않았다. 실패했다는 사실만으로도 끔찍한데 그걸 다른 사람이 알게 되는 일은 더 끔찍했다. 그래서 일부러 밝고 명랑한 모습을 꾸며냈다. 좌절과 절망은 꼭꼭 숨겼다. 그렇게 가면을 쓰고 살자니 몇 배로 더 힘들었다.

시간이 흐른 뒤에 생각해 보니 내가 불행한 이유는 실패 때문이 아니었다. 실패를 온전히 받아들이지 못해 절망한 내가 문제였다. 게다가 나는 또 다른 실패가 두려워 새로운 시도는 하지 않는 사람이 되어 버렸다. 그러니 뒤처질 수밖에 없었다. 실패를 통해 성장하기는커녕 움츠러들기만 했다. 이제는 실패를 숨기려 하지 않을 것이다. 실패를 딛고 또다시 도전하는 나를 자랑스럽게 여길 것이다.

"피곤하기만 하다고? 늘 실패했다고? 상관없어. 다시 해봐. 다시 실패하는 거야. 더 낫게 실패하는 거야."

사뮈엘 베케트의 명언을 가슴에 새기자. 용기를 가지고 다시 도전하자. 실패해도 상관없다.

명문대 진학에 실패해도, 원하는 대기업에 취직하지 못해도, 결혼을 못 해도, 이혼을 해도, 불임이라도, 양육에 서툴러 잘못을 하더라도……, 괜찮다. 그 어떤 실패를 해도 괜찮다. 당신은 자신의 삶을 파괴하지 않았다. 그러니 당신의 삶은 성공적이다. 진짜 실패는 좌절과 절망에 굴복해 자신을 죽여 버리는 것이다.

다행히 라흐마니노프의 자살 시도는 실패로 끝났다. 하지만 우울증으로 인한 거식증과 불면증에 시달리며 3년이 넘도록 작곡을 하지 못한다.

"내 속에 무엇인가 부러져 버렸다. 나는 작곡을 포기해야 한다는 생각에 이르렀다. 뿌리 깊은 무감각이 날 점령해 버렸다."

라흐마니노프는 아무도 만나지 않고 자신의 방에 틀어박혀 버렸다. 생계를 위해 피아노 레슨을 했지만 생활비가 모자라 스승 니콜라이 즈베레프가 준 금시계를 전당포에 맡기기도 했다. 라흐마니노프는 〈제1번 교향곡〉 악보를 책상 서랍에 넣어두고 죽을 때까지 꺼내지 않았다. 그만큼 실패의 고통이 컸다. 〈제1번 교향곡〉 악보는 라흐마니노프가 죽고 나서야 책상 서랍에서 발견되었다. 일부가 손상되었지만 〈제1번 교향곡〉은 종종 연주된다.

당시 라흐마니노프는 집안의 반대 때문에 고종사촌이자 연인이었던 나탈리아 사티나(Natalia Satina)와 결혼할 수 없었기에 더 힘들어했다. 라흐마니노프는 어린 시절부터 고모인 바르바라 사티나의 집에 자주 놀러 갔고, 나탈리아와는 소꿉친구이기도 했다. 러시아에서는 사촌과의 결혼이 꽤 흔했지만 러시아 정교회는 사촌과의 결혼을 반대했다. 이래저래 우울증은 더욱 심해졌다.

라흐마니노프는 우울증 치료를 위해 모든 방법을 동원했다. 사촌 형이자 피아니스트였던 알렉산더 질로티는 니콜라이 달[41]이라는 정신과 의사를 라흐마니노프에게 소개해준다. 니콜라이 달은 비올라 연주를 즐겨 했기에 음악이라는 공통분모를 통해 라흐마니노프와 친밀감을 쌓는다.

니콜라이 달은 매일매일 상담을 하는 것으로도 모자라 라흐마

---

41) 니콜라이 달(Nikolai Vladimirovich Dahl, 1860년 6월 17일~1939년)은 러시아의 정신과 의사이다.

니노프의 수면 패턴과 식단까지 조절하면서 자기암시 요법도 병행했다. 라흐마니노프는 자기암시 요법이 가장 효과적이었다고 말했다.

"당신은 작곡을 할 수 있습니다. 당신은 최고의 교향곡을 쓸 수 있습니다."

니콜라이 달은 최면 상태의 라흐마니노프에게 똑같은 말을 반복했다. 조금 허술한 방법인 것 같지만, 현대에 와서는 쓰지 않는 방법이지만, 어쨌든 라흐마니노프에게는 효력이 있었다.

늦겨울에 시작한 치료는 봄과 함께 끝났다. 그해 여름 우울증이 완치되자마자 라흐마니노프는 다시 작곡을 시작했다. 그리고 이듬해 봄, 〈제2번 피아노 협주곡〉을 발표한다. 이 곡은 정신과 의사인 니콜라이 달에게 헌정된다. 〈제2번 피아노 협주곡〉은 글린카상을 수상하였으며, 라흐마니노프의 곡 중 가장 대중적인 작품이다. 〈제2번 피아노 협주곡〉은 〈7년 만의 외출〉, 〈호로비츠를 위하여〉, 〈도쿄타워〉, 〈밀회〉, 〈노다메 칸타빌레〉 등의 드라마와 영화에서 배경음악으로 사용되었다. 또한 미국 가수 에릭 칼멘(Eric Carmen)의 〈All by myself〉는 〈제2번 피아노 협주곡〉의 2악장을 모티브로 해서 만들어진 곡이다.

〈제2번 피아노 협주곡〉의 성공 덕분에 라흐마니노프는 존경하던 톨스토이의 집에서 피아노 연주를 할 수 있었다. 하지만 부푼 기대를 안고 만났던 톨스토이는 음악을 별로 좋아하지 않는다는 말로 라흐마니노프를 실망시킨다. 〈제2번 피아노 협주곡〉을 발표한 이듬해 라흐마니노프는 집안의 반대를 무릅쓰고 나탈리아 사티나와 결혼한다. 그리고 이듬해 첫딸 이리나를 낳고 행복한 가정을 이룬다. 라흐마니노프는 생계를 책임져야 했기에 인기가 많은 오페라 작곡에 힘을 쏟고 볼쇼이 극장에 지휘자로 취직까지 한다.

가끔 내 주변의 사람들은 말한다.

"도대체 네가 뭐가 모자라서 우울한데? 그 정도면 괜찮은 삶 아니야?"

"쓰러질 때까지 걸어 봐. 너무 지쳐서 잠들 거야."

"어차피 감정은 다 스쳐 지나가게 되어 있어. 그런데 뭐하러 우울하다고 치료까지 받아?"

"노력을 해 봐. 결국 의지의 문제야. 극복할 수 있어."

아니, 그들은 틀렸다.

우울증에 대한 사람들의 잘못된 인식은 우울증 환자들을 한 번 더 좌절하게 만든다. '노력'이나 '의지'가 부족해서 치유되지 않는다는 말은 결국 모든 것이 우울증 환자 자신의 잘못이라는 뜻이다. 불치병은 노력이나 의지로 극복되지 않는다. 우울증도 마찬가지다. 우울증에 걸린 사람들조차 '극복'할 수 있다고 자만하며 정신과에 가기를 거부한다. 정신과 환자에 대한 부정적인 시선 때문이다. 하지만 그렇게 쉽고 가볍게 우울증을 무시해서는 안 된다. 우울증은 반드시 치료가 필요한 질병이다.

우울증은 뇌의 기능 자체에 영향을 미친다. 대뇌의 해마는 스트레스 반응을 끝내는 데 결정적인 역할을 한다. 하지만 장기적인 스트레스 상황이 계속되면 코르티솔(cortisol) 분비가 증가해 뇌의 해마를 위축시킨다. 그런데 해마가 위축되면 스트레스 반응을 끝낼 수가 없다. 스트레스가 끝나지 않으니 코르티솔은 계속 분비되고 해마를 위축시킨다. 악순환의 시작이다.

해마는 기억력과 인지 능력, 감정과도 관련되기 때문에 우울증으로 위축되면 기억력이 쇠퇴하고 인지 능력이 저하된다. 코르티솔은 공포나 스트레스에 반응해 방출되는 부신피질 호르몬이다. 장기간 분비될 경우 몸의 인슐린 저항성을 높여 당뇨병을 유발하는 등 면역계가 제 기능을 못 하게 만든다. 또한 코르티솔은 진정 효과가 있는 뇌의 억제성 신경전달물질인 GABA(gamma-aminobutyric acid)가 할 일을 못 하게 해 불안 상태를 유지하게 된다. 코르티솔과 같은 부신피질 호르몬은 멜라토닌을 분비하는 뇌의 송과체 활동을 억제하는데 멜라토닌이 부족하면 불면증에 시달린다.

HPA축 변화가설(시상하부-뇌하수체-부신 축 변화가설)에 따르면 우울증 환자는 코르티솔의 조절, 재생, 억제 기제인 당질코르티코이드 수용체가 손상되었기 때문에 혈장에 스트레스와 관련된 코르티솔의 함량이 높아진다. 시상하부는 시상 아래와 뇌간의 경계로 스트레스 반응을 책임진다. 시상하부는 교감신경계를 활성화시켜 온몸으로 혈액을 흘려보내고 심폐기능을 강화해 스트레스를 해결한다. 하지만 코르티솔이 혈장에 많으면 시상하부가 제대로 작동되지 않는다.

신경가소성 가설에 따르면 우울증 환자는 신경재생에 관여하는 뇌유래 신경영양인자(brain-derived neurotrophic factor, BDNF)가 적다. BDNF는 해마에서 활발하게 만들어지며, 대뇌피질과 기저핵 등 다른 부위에서도 생성된다. 우울증 환자는 해마가 위축되어 BDNF를 생성하는 데 문제가 생긴다. 또한 우울증 환자는 치아이랑을 구성하는 과립세포가 많이 손상되어 있는데, 치아이랑은 인지와 기억력을 책임지고 있으며 성인이 된 뒤에도 신경세포 가운데 유일하게 증식되는 영역이다.

또한 우울감은 모노아민 계통의 신경전달물질(monoamine neurotransmitter) 분비량을 감소시킨다. 모노아민 신경전달물질은 노르아드레날린, 세로토닌, 도파민을 포함하는 신경전달물질로 감정을 비롯해 인지와 기억에 중요한 역할을 한다.

모노아민 신경전달물질 중 세로토닌은 수면, 체온조절, 학습, 기억, 고통, 사회적 행동, 성관계, 수유, 동작 활동, 바이오리듬 등에 관여한다. 우울증에 걸리면 뉴런과 뉴런 사이에 있는 시냅스 내 신경전달물질의 활성도가 떨어져서 세로토닌의 수치가 낮게 나타난다. 즉, 인간의 활동 대부분에 문제가 생긴다.

우울증 치료제들은 신경 세포들이 모노아민 신경전달물질에 더 노출될 수 있도록 하여 우울증을 경감시킨다. 신경전달물질은 몸속에 오래 남아 있으면 신호 체계에 이상이 생길 수 있다. 그래서 한 번 분비된 신경전달물질은 다시 재흡수되거나 파괴되는 경우가 많다. 세로토닌 재흡수 억제제(SSRI)는 세로토닌이 재흡수되어 사라지는 반응을 늦춘다. 신경세포 사이에 세로토닌이 더 오래 남을 수 있게 도와주는 것이다. 항우울제에 사용되는 플루옥세틴(fluoxetine)은 선택적 세로토닌 재흡수 억제제이다. 상품명은 프로작이다. 프로작은 세로토닌 수송체의 기능을 억제하여 시냅스 내 세로토닌 수치를 증가시킨다.

교감신경계는 자율신경계의 한 종류로 위급 상황 시 신체의 내부 기관과 내분비선을 조절·통제한다. 교감신경계가 활성화될 때 투쟁 도피 반응이 일어난다.

해마는 CA3 영역과 CA1 영역으로 세분화된다. 뇌가 새로운 정보를 해마에 저장할 때 먼저 CA3 영역에 있는 신경세포(뉴런)가 발화된다. 이어 CA1 영역이 발화되면서 기억 입출력 과정이 일어난다. 해마는 과거 사건의 기억을 새로운 감각 정보와 통합하여 투쟁할지 도피할지 결정한다. 쥐의 CA1 영역을 억제하면 쥐는 스트레스 상황을 회피하고, CA3 영역을 억제하면 스트레스 상황과 직면한다. 레미안 스터블리웨덜리의 연구에 따르면 우울증 환자는 스트레스 상황 발생 시 회피하려는 경향이 강하다.

염증 가설은 면역세포에서 분비되는 단백질 면역조절제 사이토카인이 우울증을 유발한다고 주장한다. 말초에 존재하는 사이토카인은 뇌혈관장벽(blood-brain barrier, BBB)을 통과하여 중추신경계로 이동하여 뇌의 기능이나 인지 능력에 영향을 미친다. 염증성 사이토카인이 시상하부를 자극해서 CRH(corticotropin-releasing hormone, 부신피질자극호르몬분비호르몬)를 분비해 결과적으로 부신피질호르몬을 분비시킨다. 부신피질호르몬에는 우울증을 악화시키는 코르티솔이 있다. 장내 부패균은 염증을 일으키기 쉬운데, 세로토닌의 80~90%는 장에서 만들어지기 때문에 염증이 있으면 세로토닌의 분비에 문제가 생긴다.

한 가지 일을 수행해도 담당하는 뇌 영역은 여러 군데이다. 하지만 우울증 환자는 뇌 신경망의 활동에 문제가 생겨 일을 수행하는 데 필요한 뇌 영역을 모두 활성화하지 못한다. 그래서 어떤 일이라도 힘들고 어려워진다. 또한 중국 푸단대학교 연구팀에 따르면 우울증 환자는 보상을 얻지 못할 때 보통 사람들보다 훨씬 더 크게 실망한다. 보상의 손실을 인지하는 안와전두피질 활동에 문제가 생겼기 때문이다. 즉, 우울증 환자는 실패에 훨씬 더 취약하다. 영국 에딘버러대학교 연구팀에 따르면, 백질은 뇌의 신경세포들을 연결하는 신경섬유의 집합으로 신경세포와 신경세포 사이의 신호를 전달하는데 우울증 환자의 백질은 보통 사람보다 연결성이 떨어진다. 그래서 순발력이 떨어지고 반응이 느려진다.

수많은 연구의 결과는 하나로 압축된다. 우울증은 단순히 시간이 흐른다고 나아지지 않는다. 치료하지 않으면 악화될 뿐이다. 그러니 반드시 치료가 필요하다. 하지만 치료를 결심하기는 쉽지 않다.

자신이 우울증에 걸렸다는 사실을 인정한 순간 이미 중증인 경우가 많다. 인정한다고 해도 정신과에 가기까지 수없이 고민하고 망설인다. 그렇게 시간이 흐르는 동안 우울증은 악화된다. 최악의 경우 치료 대신 자살이라는 선택을 한다. 나의 목숨이라고 내 마음대로 해서는 안 된다. 생명의 존엄성은 어떤 순간에도 지켜져야만 한다. 그러기 위해서는 빠른 치료가 시급하다. 우울증에 걸렸다면 지금 당장 일어나 정신과 병원으로 향해라. 그리고 모든 방법을 동원해 치료에 매달려라.

  우울증 치료에는 다양한 방법이 사용된다. 그중에서도 약물 치료가 가장 중요하다는 의견이 일반적이다. 처음 처방받은 한 움큼의 약을 삼키며 나는 낫게 해달라고 기도했다. 항우울제를 복용한다고 해도 우울증이 즉시 낫지는 않는다. 항우울제는 보통 2개월 이상 복용해야 효과가 나타나기 시작한다. 그리고 6개월에서 1년 정도 복용해야 위축된 해마가 정상으로 돌아온다. 만약 3개월 이내에 복용을 중단하면 우울증이 재발되는 경우가 많다.

  우울증의 치명적 증상인 자살 시도는 우울증이 최악일 경우 오히려 나타나지 않는다. 가장 심각한 상태인 우울성 혼미가 되면 운동 능력을 상실하고 외부 자극에 반응하지 않는다. 안구 운동이나 불수의적 연하운동만 가끔 나타날 뿐이다. 물론 먹지도 마시지도 못한다. 그러니 자살할 수 없다. 자살도 의지와 노력이 필요한 일이다. 통계에 따르면 항우울제를 복용하고 많이 호전되었다고 생각해 마음대로 항우울제 복용을 중단하는 경우에 자살하는 사람이 의외로 많다.

  나는 약물 치료를 시작하고도 호전이 되지 않아 몇 번이나 약물을 바꾸었다. 당연히 부작용도 다양하게 겪었다. 폭식을 해서 체중이 증가하기도, 생각이 불가능할 정도로 멍하기도 하고, 속이 쓰리기도 했다. 지금은 많이 호전되어 몇 알의 약으로 버티고 있다. 그림을 그리거나 글을 쓰거나 산책을 하는 게 도움이 된다고 해서 열심히 실천하려고 노력하지만 마음대로 되지는 않는다. 우울증은 여전히 진행 중이고 무기력도 여전히 나를 지배하고 있으니까. 불행하게도 우울증 환자는 도파민 분비가 되지 않아 욕망도 없으며, 어떤 일도 하고 싶어 하지 않는다. 나도 마찬가지다. 그냥 아무것도 하기 싫은 날이 많다. 항우울제를 꼬박꼬박 복용하는 게 유일하게 나의 생존을 위해 하는 일이다.

우울증은 항우울제만으로 완치되지는 않지만—게다가 아직까지 항우울제가 어떻게 작용하는지 완벽히 밝혀지지 않았다—약물치료 없이는 호전되기 어렵다는 것은 확실하다. 그러니 반드시 의사의 처방대로 항우울제를 꼬박꼬박 복용해야 한다. 잊지 마라. 우울증은 조금이라도 빨리 모든 수단과 방법을 사용해 치료해야 하는 질병이다.

우울증 치료 뒤 라흐마니노프는 피아니스트로, 지휘자로, 작곡가로 분주하게 살았다. 그리고 명예와 부를 모두 가질 수 있었다. 하지만 러시아에서 2월 혁명이 일어나며 라흐마니노프는 전재산을 몰수당했다. 결국 라흐마니노프는 썰매를 타고 러시아를 탈출해 유럽을 떠돌다가 둘째 딸 타치아나가 태어난 뒤 미국으로 망명했다.

라흐마니노프는 뛰어난 신체적 조건과 천재적인 재능만으로 성공한 것이 아니었다. 라흐마니노프 사후에 한 인터뷰에서 나탈리아는 "남편은 연주가 마음에 들지 않으면 잠을 자지 않고 연습에 매진했다"고 말했다.

"피아니스트는 누구든 하나의 곡을 천 번 연주해 보고, 천 번의 경험을 통해 듣고, 비교하고, 판단해야 한다."

나도 모르게 열등감이 치솟아 오른다. 완벽한 신체적 조건, 천재적 재능에 열정과 끈기까지……. 평범한 사람은 도저히 닿을 수 없는 경지다.

라흐마니노프는 미국에서도 피아니스트이자 지휘자로 성공했다. 러시아에 있는 집과 똑같은 집을 지을 수 있을 정도로 부를 쌓았고, 명예도 당연히 따랐다. 하지만 작곡은 거의 하지 않았다. 평론가들은 유난히 '작곡가' 라흐마니노프에게 인색했다. 계속되는 혹평에 라흐마니노프도 점점 움츠러들었다. 스승이 작곡을 금지했는데도 몰래 할 정도로 작곡에 대한 열정이 남달랐던 라흐마니노프였다. 작곡을 마음껏 하지 못하니 우울증이 다시 찾아왔다. 게다가 향수병까지 겹쳤다. 라흐마니노프는 항상 고향 러시아를 그리워했다. 하지만 당시 미국과 소련은 냉전 중이었다. 라흐마니노프는 미국으로 망명했기에 소련 정부와의 관계가 나빴고 귀국은 꿈꿀 수 없었다. 그래도 독일과 소련의 전쟁 때는 콘서트 수익금을 모두 소련에 기부하는 등 고향을 잊지 않았다.

"음악은 일생을 하기에 충분하지만, 인생은 음악을 하기에는 너무 짧다."

흑색종[42]으로 인해 건강이 악화되었지만 라흐마니노프는 콘서트를 강행한다. 마지막 콘서트에서 라흐마니노프는 자신의 죽음을 예언하듯이 쇼팽의 〈제2번 피아노 소나타〉인 〈장송행진곡〉을 연주했다. 그리고 6주 뒤, 69세의 나이로 사망했다. 마지막까지 고향을 그리워해 모스크바에 묻히고 싶다고 유언을 남겼으나

---

42) 흑색종은 멜라닌 색소를 생산하는 멜라닌 세포로부터 유래된 피부암이다. 흑색종은 선천성 말단비대증과 깊이 연관되어 있다.

이루어지지 못했다.

　라흐마니노프가 원했던 대로 장례식장에는 라흐마니노프의 무반주 합창곡인 〈철야기도(All Night Vigil. Op. 37)〉의 5번째 곡이 울려 퍼졌다. 라흐마니노프는 뉴욕 발할라의 켄시코 공동묘지에 묻혔다. 언제라도 소련이 자유국가가 되었을 때 유해를 모국 땅으로 이장하기 위해 항구 도시인 뉴욕에 묻은 것이다. 라흐마니노프를 가장 존경하던 반 클라이번[43]이 소련에서 열린 차이콥스키 콩쿠르에 참가하여 우승하고 돌아올 때 러시아의 흙 한 줌과 라일락 묘목을 가지고 와서 라흐마니노프의 무덤에 그 흙을 뿌려주고 라일락 묘목을 심어 주었다.

　라흐마니노프의 장례 직후, 라흐마니노프의 고향 노브고로드에서 추모음악회가 열렸다. 므라빈스키(Yevgeny Mravinsky)가 지휘를 맡았고, 상트페테르부르크 필하모닉오케스트라가 함께하는 음악회는 무료로 개방되었다. 러시아의 피아니스트 스뱌토슬라프 리흐테르(Sviatoslav Richter), 아르투르 루빈스타인(Artur Rubinstein), 블라디미르 호로비츠(Vladimir Horowitz), 드미트리 쇼스타코비치(Dmitrii Shostakovich)가 차례로 연주하였다.

---

43) 반 클라이번(Van Cliburn, 1934년 7월 12일~2013년 2월 27일)은 미국의 피아니스트이다. 클라이번의 업적을 기려 1962년부터 개최되는 반 클라이번 국제 피아노 콩쿠르에서 피아니스트 선우예권(2017년)과 임윤찬(2022년)이 우승한 적이 있다.

2015년, 묘소 관리를 소홀히 한다는 이유를 들어 러시아에서 라흐마니노프의 유해 송환을 요구했다. 하지만 러시아와 우크라이나의 크림반도 분쟁을 이유로 유족들은 유해 송환을 거절했다.

라흐마니노프는 죽고 나서야 작곡가로서의 재능을 인정받았다. 생전에 인정받지 못한 천재들은 실패를 인정하지 못해 우울증을 앓거나 자살을 하는 경우가 많다. 나는 우울증에 걸리고도 생존한 위인들을 찾아 헤매면서 예상보다 더 생존자가 없다는 사실에 안타까웠다. 수많은 천재들이 실패를 받아들이지 못하고 우울증을 앓다가 자살했다. 위대한 천재도 삶의 고통은 감당하기 힘들어했다. 그러니 삶의 고통을 짊어지고 살아가는 자신을 기특하게 여겨야 한다.

혹시라도 만약 '죽고 싶다'라는 생각이 들면 반드시 정신과에 방문해야 한다. 그리고 라흐마니노프가 그랬던 것처럼 모든 방법을 동원해 우울증을 치료해야 한다. 처음 정신과 병원에 발걸음하기까지가 가장 어렵고 힘들다. 하지만 용기를 가져라. 망설이지 마라. 주저하지 마라. 그냥 눈을 질끈 감고 주먹을 세게 쥐고 병원 문을 밀어라. 그게 시작이다.

약국에서 파는 수면유도제는 아무 소용도 없었다.
10알 한 바스를 다 먹어도 하품조차 나오지 않았다.
그래서 술을 마시기 시작했다.
술을 마시면 나를 괴롭히는 고통이 견딜만했다.
그리고 어느 순간 세상이 암흑으로 변하고, 잠이 들어버린다.

～～～～～～～～～～～～～～～～～～～～～

"삶에 대한 두려움은 필요하다.
불안과 질병이 없는 나는 방향키 없는 배와 같다.
내 고통은 나 자신과 예술의 일부분이다.
고통을 나와 구분할 수 없다.
고통을 파괴하는 것은 나의 예술을 파괴하는 것이다.
나는 그 고통을 간직하고 싶다."

절규

에드바르트 뭉크
Edvard Munch

1863년 12월 12일 ~ 1944년 1월 23일

뭉크는 노르웨이의 표현주의 화가로 노르웨이 지폐 1,000크로네의 모델이기도 하다. 뭉크에 대해서는 몰라도, 미술에 관심이 없어도, 〈절규〉는 누구나 한 번쯤 보았을 것이다.

"친구 둘과 함께 다리 위를 걸어가고 있었다. 해가 저물어가는 시간이라 나는 약간 우울해졌다. 그때 갑자기 하늘이 핏빛으로 물들기 시작했다. 나는 죽을 것처럼 피곤해 다리 난간에 기댔다. 검푸른 피오르와 도시를 뒤덮은 핏빛 하늘에 구름마저 불타올랐다. 친구들은 계속 걷고 있었지만 나는 멈춰선 채로 귀를 막았다. 자연은 큰 소리로 비명을 지르고 있었다."

〈절규〉에 관한 뭉크의 설명이다. 대부분의 사람들이 그림 속 남자가 고통으로 절규한다고 생각하지만, 뭉크의 말에 따르면 절규하는 것은 사람이 아니라 자연이다. 남자는 자연의 비명을 듣지 않기 위해 귀를 막고 있는 것이다. 일부 정신과 의사들은 뭉크의 발언을 토대로 당시 뭉크가 공황발작을 일으킨 거라고 주장한다.

〈절규〉는 소더비 경매에서 약 1,300억 원의 경매가로 낙찰되어 현재 세상에서 가장 비싼 그림 중 하나이다. 〈절규〉의 배경이 되는 피오르는 가족들의 장례가 치러졌던 곳으로 뭉크의 여러 작품에서 배경으로 쓰였다. 〈절규〉의 한구석에는 '미친 사람만이 그릴 수 있다'는 문장이 연필로 아주 작게 쓰여 있는데, 연구 결과 뭉크 자신이 쓴 것으로 결론지어졌다. 워낙 대중적인 인지도가 높은 작품이라 〈절규〉는 패러디도 많다. 뭉크의 작품 대부분이 어둡고 무거운 느낌을 주는데 〈절규〉가 가장 강력하다. 그림만 보고도 뭉크가 우울증을 앓았다는 사실을 눈치챌 수 있을 정도로 슬픔과 고통이 분명하게 드러난다. 아니, 우울과 절망이 흘러와 나를 적시는 것만 같다.

뭉크의 그림은 대부분 고통, 절망, 슬픔 등 내면의 부정적인 감정을 분명하고 섬세하게 표현한다. 우울은 가장 쉽고 빨리 전염되는 감정이다. 뭉크의 전시회에 다녀온 뒤 나는 한동안 많이 울적했다. 뭉크의 감정이 전염된 것일 수도, 똑같이 우울증을 앓고 있는데도 불구하고 창조성이 부족한 나 자신이 싫어서일 수도 있다.

뭉크는 평범한 서민 가정에서 태어났다. 아버지 크리스티안 뭉크(Christian Munch)가 군의관이긴 했지만, 당시 의사는 그리 돈을 많이 버는 직업은 아니었다. 집안 형편은 오히려 가난에 더 가까웠다. 그래도 최소한 불행하지는 않았다. 부모님의 사이는 유난히 좋았고 5남매를 무척 아꼈다. 사랑이 충만한 가정에서 뭉크는 무럭무럭 자랐다.

하지만 뭉크가 5살일 때 불행이 들이닥쳤다. 뭉크의 어머니 로라 카테리네 뵬스타드(Laura Catherine Bjolstad)가 폐결핵으로 죽은 것이다. 뭉크는 어머니가 피를 토하며 죽어가는 모습을 바로 옆에서 지켜보았다. 의사였던 아버지는 어머니를 구하지 못했다는 죄책감에 괴로워했다. 누구보다 어머니의 죽음에 슬퍼하던 아버지는 종교에 집착하기 시작했다. 아버지는 아이들에게 공포 소설이나 어머니의 유언장을 읽어주었고, 어머니가 죽은 이유는 아이들의 죄 때문이라고 원망했다. 죄를 반성하는 기도를 하라고 강요했고, 아이들에게 '악마'라고 소리를 질렀다. 그리고 지옥을 묘사하며 겁을 주고, 화를 자주 냈으며 때리기도 했다.

뭉크는 어머니를 잃은 슬픔이 가시기도 전에 아버지의 정신적·신체적 학대를 견뎌야 했다. 아버지의 우울증과 조현병은 점점 악화되었다. 아버지가 언제 어떤 행동을 할지 몰라 뭉크는 언제나 불안에 떨어야만 했다. 그나마 누나 소피에가 함께 있었기에 견딜 수 있었다.

"내가 기억할 수 있는 지난 시간 내내 나는 깊은 불안감으로 고통을 겪어 왔고, 내 예술을 통해 그것을 표현하고자 했다."

불안감은 우울증의 원인 중 하나이다. 측두엽 전방의 피질 내

측에 위치한 편도체는 부정적 감정, 특히 공포와 불안, 공격성과 연관된다. 불안장애 환자는 뇌의 편도체가 활발히 활동하므로 반응의 역치가 보통 사람보다 낮다. 불안장애 환자는 뇌섬엽도 보통 사람보다 활성화되어 있다. 뇌섬엽은 뇌 피질의 앞쪽과 양측 뇌 반구에 각각 하나씩 자리한 부분이 연결되어 삼각형을 이루고 있는 영역으로 자의식, 내부감각, 감정, 인지와 관련된다.

불안은 부신피질호르몬을 과도하게 분비시켜 혈액을 근육으로 보낸다. 부신피질호르몬에는 우울증을 악화시키는 코르티솔이 있다. 불안감을 느끼면 위점막에 혈액을 공급하는 혈관이 좁아져 영양이 제때 공급되지 않아 위점막이 충분한 점액 분비를 못 해 위액으로 부식되기 때문에 위궤양에 걸린다. 또한 불안은 공감 능력에도 손상을 입힌다.

삼성병원 연구팀의 연구에 따르면 어릴 적 당한 사고, 폭행, 학대 등으로 인한 정신적 트라우마는 이후 성장하면서 우울증으로 발전될 확률이 8~10배 높다. 스트레스를 받을 때 뇌에서는 단백질의 손상이 일어난다. 신경영양인자가 단백질의 손상을 치료하는데, 심각한 트라우마로 인한 우울증을 겪는 사람에게는 신경영양인자가 정상인보다 훨씬 부족하다.

영국 런던 왕립대학 안드리아 더니지 박사 연구팀이 2만 3,000

여 명을 대상으로 한 26개의 연구를 분석한 결과, 어린 시절 학대를 경험한 우울증 환자들은 그렇지 않은 환자들보다 우울증 지속과 재발 가능성이 2배 정도 높은 것으로 나타났다.

스트레스 관련 유전자인 FKBP5에 특정 변이가 생기면 아이들이 외상후스트레스장애(PTSD, post traumatic stress disorder)에 걸릴 가능성이 높다. '학대'라는 환경과 유전자가 상호작용하면 더욱 더 외상후스트레스장애에 취약해진다. 외상후스트레스장애는 전쟁, 고문, 자연재해, 사고 등의 심각한 사건을 경험한 뒤 그 사건에 공포감을 느끼고, 사건 뒤에도 지속적인 재경험을 통해 고통을 느끼는 질환이다. 또한 재경험 상황에 놓이면 상황에서 벗어나기 위해 해리장애나 공황발작을 일으키기도 한다. 심각해지면 당연히 정상적인 사회생활이 불가능하다.

어린 시절에는 '학대'라는 상황 자체가 불안과 공포를 유발하는 심각한 트라우마일 수도 있다. 뭉크의 여러 가지 정신적 장애는 어린 시절의 학대와 신경영양인자 부족, 유전자 변이 등이 복합적으로 작용해 발생했을 가능성이 높다.

이모 카렌 볼스타드(Karen Bjolstad)가 어머니를 대신해 집안 살림을 돌보고 아이들을 보살폈다. 카렌은 그림에 소질이 있어 그림을 팔기도 했다. 카렌은 언제나 두려움에 떠는 소피에와 뭉크 남매에게 그림을 그려 보라고 권유한다. 둘 다 그림 그리기를 좋아하고 재능도 있었다. 하지만 14살이 되던 해 뭉크와 함께 그림을 그리던 누나 소피에도 폐결핵으로 죽었다.

"죽음의 천사는 내가 태어난 순간부터 내 옆에 서 있었다."

아버지는 뭉크의 프랑스 유학 시절 뇌출혈로 죽었다. 남동생 안드레아스는 결혼한 지 얼마 되지 않아 급성 폐렴으로 사망했다. 여동생 라우라는 조현병으로 입원해 죽을 때까지 퇴원하지 못했다. 뭉크는 자신도 언제 죽을지 모른다는 생각에 불안했다. 정말 우울할 수밖에 없는 환경이었다.

죽음의 이미지는 누구에게나 부정적 감정으로 다가온다. 대부분의 사람들은 죽음에 대해 이야기하기를 꺼린다. 그래서인지 뭉크의 첫 독일 전시회는 악평과 호평이 극단적으로 대립했다. '악마의 화가'라는 당시의 악평은 아직도 뭉크의 이름 앞에 붙어 다닌다. 독일 미술가 협회는 투표를 통해 뭉크의 작품 전시를 철회하기로 결정했다. 전시된 지 8일 만의 일이었다. 뭉크의 작품 전시 철회를 두고 독일 예술계는 완벽하게 둘로 나뉘었다. 전시

철회를 비판하던 화가들이 모여 베를린 분리파[44]를 만들었다.

'뭉크 스캔들'이라 불리던 당시의 상황을 뭉크는 오히려 좋아했다. 이모 카렌에게 '너무 좋은 광고'라는 편지를 보낼 정도였다. 뭉크의 예측대로 유럽 각지에서 전시회를 개최하자는 요청이 쇄도했다. 시간이 흐른 뒤 뭉크는 예전과 똑같은 그림들로 독일에서 전시를 하는데 이때는 호평만 가득했다.

"나는 죽은 자들과 함께 살아간다. 내 어머니, 누나, 아버지, 할아버지. 특히 아버지는 항상 함께 있다."

뭉크는 자신과 함께하는 유령을 쫓아내려 애쓰지 않았다. 오히려 거리낌 없이 죽음을 마주 보았다. 그리고 가족들이 죽던 순간을 그림으로 영원히 남겼다.

뭉크는 18살에 아버지의 강요로 기술학교에 입학해 건축학

---

44) 분리파(Sezession)는 기존의 보수적이고 폐쇄적인 제도권에서 탈피하여 변화를 추구하는 미술가 집단이다. 표현주의 화가들의 작품이 전시 거부나 출품 거부가 되는 몇몇 사건을 계기로 막스 리버만(Max Liebermann)의 주도로 만들어졌다. 베를린 분리파는 서로 교류하며 의견을 나누었고, 다양한 전시회를 기획하고 개최하였다.

을 공부했지만 1년 만에 그만두고 왕립미술학교에 입학한다. 뭉크의 천재성은 금세 드러났다. 학생인데도 불구하고 개인전을 열고 국비 장학금으로 프랑스 유학까지 했다. 프랑스 유학 시절 뭉크는 반 고흐[45]의 그림을 보고 크게 감명을 받아 표현주의(expressionism) 양식을 발전시켰다. 표현주의는 20세기 초에 일어난 미술의 한 양식이다. '자연'이 아닌 인간의 '정신'을 드러내려고 시도했다. 화가들은 자신들의 감정이나 마음의 변화과정을 나타낼 수 있는 여러 가지 기법을 사용했다. 그 당시에는 풍경화로 대표되는 자연주의가 유행이었다. 하지만 뭉크는 우울, 불안, 고독, 공포 등 인간 내면의 감정을 그림에 담아내기 시작했다. 특히 죽음을 주제로 한 그림을 많이 그렸다.

사랑하는 사람의 죽음은 누구에게나 슬픔과 고통으로 다가온다. 엘리자베스 로스[46]는 죽음은 '분노의 5단계(five stages of grief)'

---

45) 빈센트 빌럼 반 고흐(Vincent Willem van Gogh, 1853년 3월 30일~1890년 7월 29일)는 네덜란드의 화가이다. 고흐는 탈인상주의 화가로 분류된다. 인상파, 야수파, 초기 추상화, 표현주의에 영향을 주었다. 생전에 천재적 재능을 인정받지 못하고 우울증으로 고통 받다가 자살했다.
46) 엘리자베스 퀴블러 로스(Elisabeth Kubler Ross, 1926년 7월 8일~2004년 8월 24일)는 스위스 출신의 미국 정신과 의사이다. 임종 연구 분야(near-death studies)의 개척자이다.

를 거쳐 받아들여진다고 주장했다. 처음 죽음을 마주 대하면 죽음이라는 현실을 믿지 않는다. 죽음을 인정하면 누구에게나 분노한다. 죽어 버린 이를 원망하고 신에게 화를 낸다. 전혀 상관없는 사람을 증오하기도 한다. 현실과 타협하고 나면 우울증이 온다. 그리고 결국은 죽음이라는 현실을 수용한다. 부정(Denial), 분노(Anger), 타협(Bargaining), 우울(Depression), 수용(Acceptance)의 단계로 이루어진 '분노의 5단계'는 죽음 외에 다른 종류의 상실에서도 적용된다.

하지만 언제든 예외는 있는 법이다. 어떤 사람들은 각 단계에서 멈춰 서서 다음 단계로 나아가지 못한다. 실종자의 가족들은 1단계인 부정 단계에 머무는 경우가 많다고 한다. 그들은 실종자가 어디엔가 살아 있을 거라고 믿는다. 그래서 시신을 마주하는 행위는 정서적 분리를 위한 중요한 의식 중 하나이다. 4단계인 우울 단계에 장기간 머무는 경우 당연히 정신과적 치료를 해야 한다. 그리고 마침내 마지막 단계인 수용에 이르렀다고 해도, 즉 죽음을 받아들였다고 해도, 슬프지 않거나 고통스럽지 않은 것은 아니다.

가끔은 앞 단계로 퇴행하는 경우도 있다. '아마 이건 기나긴 꿈일 거야.' 사람들은 문득문득 드는 생각이 현실이기를 바란다. '빨리 꿈에서 깨어났으면 좋겠다.' 또다시 죽음을 부정하고 거부한다. 나도 그랬다. 죽음은 완벽한 상실을 의미한다. 죽음은 나의 무력함을 증명했다. 죽음은 노력이나 의지로 막을 수 없다. 되돌리는 것도 불가능하다. 그래서 계속 현실을 부정했다. 죽음을 수용한다고 해도 고통은 여전한데 굳이 죽음을 받아들일 필요가 없다고 생각했다.

그나마 사랑하는 이의 죽음을 맞이할 준비를 할 수 있는 경우는 낫다. 노환이나 시한부 환자의 가족들에게는 마음을 가다듬고 정리할 시간이 주어진다. 하지만 갑작스러운 사고나 사건으로 사망하는 경우 주변인의 상실감과 박탈감은 배가 된다. 유족들은 우울 단계에 오래 머문다.

특히 가까운 사람이나 사랑하는 사람이 자살한 경우, 높을 확률로 우울증을 앓게 된다. 자살은 주위 사람들이 슬퍼하는 것을 넘어서 상실감뿐만 아니라 죄책감도 느끼게 만든다. 가족들은 '내가 막을 수도 있었는데'라는 후회로 잠들지 못한다. 친구들은 '만약 내가 ~했다면'이라는 가정으로 상처를 들쑤신다. 연인은 '모두 나 때문이야'라고 자신을 원망하고 증오한다. 그렇게 우울증이 악화되어 자살로 이어지기도 한다.

유명인의 자살도 마찬가지이다. 어떤 사람들은 자신이 존경하거나 좋아했던 유명인이 자살하면 유명인과 자신을 동일시하면서 모방 자살을 시도한다. 이런 사회현상을 베르테르효과

(Werther effect)라고 한다. 반대로 자살에 대한 언론 보도를 자제해 자살을 예방하는 효과를 파파게노 효과(Papageno effect)라고 한다.

나의 신체와 정신은 온전히 나만의 것이니 나의 죽음도 내가 선택할 수 있다고 생각하는가? 아니, 자살은 자신의 생명 하나 만 죽이는 것이 아니다. 가족, 친구, 연인, 동료 등 수많은 사람 이 당신의 자살 때문에 '자신의 자살'을 생각한다. 결국 당신은 누군가를 죽음으로 몰고 가는 것이다. 그러니 명심해라. '죽고 싶다'라는 생각이 든다면, 자살을 시도하려고 결심했다면, 다시 한 번 생각해라. 자살은 당신의 목숨뿐만 아니라 당신이 사랑하 는 누군가의 목숨도 빼앗을 수 있다.

가족관계가 죽음으로 무너진 뭉크는 연인에게서 사랑을 보상 받고 싶어했다. 하지만 뭉크의 연애사는 뭉크의 정신 상태에 부 정적인 영향만 끼쳤다. 뭉크의 첫사랑은 사교계 명사인 헤이베 르그 부인(Madame Heiberg)이었다. 헤이베르그 부인은 이미 해군 장교의 아내였지만 여러 남자들과 염문을 뿌렸다. 뭉크는 헤이 베르그가 이혼하기를 기다릴 정도로 사랑했지만, 정작 이혼한 헤이베르그는 다른 사람과 결혼해 버린다. 뭉크는 헤이베르그 부인을 모델로 하여 〈흡혈귀〉를 완성한다.

소꿉친구에서 연인이 된 다그니 유엘(Dagny Juel)은 먼 친척이었다. 다그니 유엘은 뭉크의 친구인 프시비셰프스키[47]와 바람이 나서 결혼까지 한다. 뭉크는 다그니 유엘을 모델로 〈마돈나〉 연작을 그렸다. 실연의 상처가 커서인지 이때부터 여자를 피해 다니기 시작한다.

툴라 라르센(Tulla Larsen)과 가까워진 건 라르센이 워낙 미술에 조예가 깊어서였다. 다른 여자들과 달리 툴라 라르센은 뭉크를 신봉했다. 툴라 라르센은 뭉크 자신을 배신하지 않을 거라는 확신이 들었다. 하지만 뭉크가 사랑이라고 믿었던 것은 의부증 증세였다. 툴라 라르센은 뭉크에 대한 집착이 심각했다. 툴라 라르센은 뭉크의 사랑을 끝없이 의심하고 분노하면서도 결혼을 요구했다. 하지만 뭉크는 이미 툴라 라르센에게 질려 버린 뒤였다. 뭉크의 이별 통보에도 툴라 라르센은 포기하지 않았다. 툴라 라르센은 자살 소동까지 벌이며 결혼을 요구한다. 뭉크는 자살하겠다는 툴라 라르센을 말리기 위해 권총을 빼앗으려다 권총이 오발되는 바람에 왼손 중지를 잘라내야만 했다. 황당하게도 자살 소동 3주 뒤 툴라 라르센은 다른 화가와 결혼했다.

뭉크는 툴라 라르센의 자살 소동 이후 여자에게 쫓기는 피해

---

47) 스타니스와프 펠릭스 프시비셰프스키(Stanisław Feliks Przybyszewski, 1868년 5월 7일 ~1927년 11월 23일)는 폴란드의 시인, 소설가, 극작가, 평론가이다.

망상에 시달렸다. 뭉크의 여성 공포증은 〈마라의 죽음〉 연작을 탄생시켰다. 뭉크는 결국 여자에게 진절머리가 났는지 평생 독신으로 살았다.

툴라 라르센의 자살 소동은 뭉크에게 트라우마로 남았다. 트라우마(trauma)는 '상처'라는 의미의 그리스어 '트라우마트(traumat)'에서 유래된 말이다. 트라우마는 정신적 외상이나 충격을 뜻한다. 트라우마는 외상후스트레스장애의 원인이다. 외상후스트레스장애의 전형적 특성은 자기학대와 자기파괴적인 행동의 경향이다.

외상후스트레스장애는 전방대상피질을 위축시킨다. 만약 환자가 외상성 사건을 떠올리면 전전두엽의 활동이 감소하고 편도체의 활동이 활성화된다. 그래서 두려운 경험을 떠올리면 무의식적으로 감정중추인 편도체의 통제를 받아, 이성을 담당하는 고차원의 영역인 전전두엽이 부정적 감정을 관리하는 능력을 잃어버린다. 외상후스트레스장애 환자는 트라우마와 비슷한 환경에 놓이면 해리 현상이나 공황발작을 일으키거나 집중력·기억력이 저하된다. 또한 자해, 폭력, 사회부적응, 불면 증세가 나타나기도 한다. 외상후스트레스장애는 충동조절장애, 우울증, 약물 남용, 알코올중독, 조현병으로 발전될 확률이 높다.

독일 출생의 신경과학자이자 정신과 의사인 요아힘 바우어(Joachim Bauer)는 트라우마의 기억은 우리의 무의식 속에 잠재되어 있으며, 신경생물학에서 엔그램이라고 불리는 일정한 각인을 우리 몸에 남긴다고 주장한다. 엔그램은 아무 고통을 유발하지 않고 오랜 시간 잠잠히 겨울잠을 잘 수 있다. 그러다가 몇 년이나 몇십 년이 흐른 뒤라도 정신적 스트레스를 심하게 받으면 트라우마의 기억은 갑자기 다시 깨어나게 되며 저장되었던 고통이 재발한다.

트라우마를 기억하는 방식은 사건의 상처를 몸으로 계속 느끼는 것이다. 우리의 몸이 과거의 충격적인 고통을 계속 느낌으로써 과거를 기억하는 것이다. 프로이트(Sigmund Freud)의 관점에서 보면 우리 몸은 과거에 겪은 고통을 다시 재현함으로써 그 고통을 통제하고자 한다.

세 번의 이별은 뭉크의 우울증을 악화시켰다. 뭉크는 항상 불안과 절망에 시달렸다. 부정적 감정을 해소하기 위해 마시기 시작한 술이었지만 오히려 심각한 알코올중독이 되어버렸다. 싸움이 일상이었고, 시비가 붙은 사람을 권총으로 위협하는 일도 세 번이나 있었다.

43살 무렵에는 망상과 환각까지 뭉크를 괴롭혔다. 뭉크는 스스로 덴마크 코펜하겐의 정신병원을 찾아가 입원한다. 주치의 다니엘 야콥슨이 내린 진단은 알코올중독에 의한 가성치매였다. 8개월의 치료가 효과가 있었는지 치료 이후 뭉크의 그림은 조금 밝고 다양해졌다.

우울증은 수면장애와 함께 온다. 우울증에 걸린 사람은 잠을 너무 많이 자거나 잠들지 못한다. 장기 수면자(long sleeper)는 정상보다 더 많이 자는 사람으로 꿈속으로 도피하는 것이다. 임상적 우울증의 한 증상이다. 반대로 불면증으로 수면이 부족하면 스파인[48]이 비대해져 시냅스가 형성되기 힘들어지고, 장기증강[49]도 일어나기 어려워 무언가를 새로 배우기가 힘들어진다.

신경계가 복잡한 동물만 잠을 잔다. 단세포동물이나 신경세포가 없는 동물, 중추신경계가 없는 동물에서는 수면 행위가 발견되지 않았다. 잠의 가장 원시적인 기능은 발육 촉진이다. 선충은 탈피 전 잠을 자는데 어린 초파리 단계에서 못 자게 하면 인지와 행동에 문제가 생긴다. 잠은 뇌의 인지기능과 신경 가소성에 영향을 준다. 매일 6시간 자는 사람은 7~8시간 자는 사람보다 뇌졸중에 걸릴 위험이 4.5배 높다.

---

48) 스파인(spine)은 신경세포에서 시냅스 결합을 형성하는 기점이 되는 가시돌기이다.
49) 장기증강이란 시냅스에서의 신호 전달 효율이 지속적으로 높아지는 것이다.

치료를 시작하기 전, 나는 우울증보다는 불면증으로 더 괴로 웠다. 약국에서 파는 수면유도제는 아무 소용도 없었다. 10알 한 박스를 다 먹어도 하품조차 나오지 않았다. 그래서 술을 마시기 시작했다. 술을 마시면 나를 괴롭히는 고통이 견딜만했다. 술에 취하면 나에게 상처 준 이를 잊을 수 있었다. 술에 취하면 분노 와 우울이 희미해졌다. 그리고 어느 순간 세상이 암흑으로 변하 고, 잠이 들어버린다. 그래서 매일매일 술을 마셨다.

처음에는 아파트 앞 편의점에서 술을 샀다. 하지만 너무 자주 가니 좀 껄끄러워졌다. 편의점 계산 아르바이트생이 '넌 또 술 이냐?'라고 말하는 것만 같았다. 나는 일부러 멀리 떨어진 슈퍼 나 학교 근처 마트 등 여러 곳을 돌아다니며 술을 구입했다. 당 시 나는 알코올중독 증상이 나타난다는 것을 분명하게 인지하고 있었다. 매일 아침 쓰린 속을 부여잡고 깰 때면, 오늘은 술을 마 시지 말아야지, 차라리 밤을 지새워야지, 결심을 하지만 아무 소 용이 없었다. 일부러 술을 사 오지 않은 날이면 새벽까지 잠들지 못하고 있다가 밖으로 나가 사 오거나 배달해서라도 마셨다.

술을 마시지 않으면 미칠 것만 같았다. 술을 마셔야만 고통에 둔감해지고, 기억이 희미해졌다. 술을 마셔야만 신경질과 짜증 이 줄어들었다. 술을 마시지 않으면 세상을 향한 분노가 나를 향 했다. 교감의 갑질은 항의하지 못하는 나의 비겁함 때문이고, 학급원과 사이가 원만하지 못한 것은 나의 부정적이고 냉소적인 성격 때문이고, 동료가 나에게 업무를 떠넘기는 것은 나의 소심함 때문이었다. 우울한 것도 절망적인 것도 모두 나 때문이었다. 그렇게 나 자신을 원망하고 증오하는 게 싫었다. 그래서 나는 술을 마셨다.

술을 마시면 용감해졌다. 교감의 갑질에 항의할 수 있었고, 학급원들의 반항을 잠재우고 실수나 잘못을 야단칠 수 있었다. 불끈, 어디선가 용기가 치솟는다. 내일은 반드시 모두에게 보여주겠어, 굳은 결심을 한다. 그렇다. 술을 마시면 '내일'을 기다릴 수 있었다. 당시 나는 내일을 기다리지 않았다. 오늘로 모든 것이 끝났으면 했다. 하지만 술을 마시면 내일은 나아지겠지, 하며 나를 달랠 수 있었다.

매일 술을 마셨지만 일상생활에서는 아무런 문제도 일어나지 않았다. 나 같은 사람을 일컬어 '고도 적응형 알코올중독자'라고 한다. 겉에서 볼 때는 아무 문제도 없고, 유능하며 단정하다. 그 밑은 진흙탕처럼 혼탁하고 온갖 비밀로 들끓지만, 그런 모습은 겉으로 전혀 드러나지 않는다. [50]

---

50) 캐럴라인 냅(Caroline Knapp), 《드링킹, 그 치명적 유혹》, 고정아 옮김, 나무처럼(알펍).

우울증과 알코올중독은 불가분의 관계이다. 우울증 환자의 30%가 알코올중독이고, 알코올중독 환자의 30%가 우울증 환자이다. 또한 우울증과 약물남용 장애는 한 개인에서 종종 동반 발생하기도 한다. 대마초는 우울증과 유의미한 상관관계를 보인다. 헤로인, 메타암페타민, 스테로이드 복용 경험이 있는 청소년들은 자살 시도를 많이 한다. 코카인, 엑스터시, 환각제, 흡입제 중독자도 자살 경향성이 높다.[51]

정신과 치료 뒤에도 불면증은 쉽게 나아지지 않았다. 가장 강력한 수면제인 졸피뎀을 최대량 복용해도 간신히 한 시간 가량 잠들고 깨어났다. 지금은 많이 나아져 두세 시간은 통잠을 잔다. 졸피뎀은 순식간에 잠들게는 만들지만, 잠을 깊이 자게 만들지는 못한다. 나는 여전히 잠에서 자주 깨어난다. 게다가 수면제는 수면보행증(몽유병), 순행성 기억상실증[52], 알츠하이머성 치매[53]

---

51) Swendsen, Merikangas, 2000년.
52) 순행성 기억상실증은 뇌가 손상되기 이전의 사건은 기억하지만 손상 이후에 접한 새로운 정보는 기억하지 못하는 증상이다.
53) 알츠하이머 병(Alzheimer's disease)으로 인한 치매는 전체 치매 사례의 70%를 차지하며, 매우 흔하고 잘 알려진 질병임에도 불구하고 병태생리가 아직 명확히 밝혀지지 않았다. 치매는 여러 원인에 의해 뇌에 손상을 입어 기억력과 함께 여러 인지기능의 장애가 생겨 예전 수준만큼의 일상생활을 유지할 수 없는 상태를 의미한다.

의 발생률을 높이고 당연히 사망률도 증가시킨다. 졸피뎀 복용자는 조기 사망의 위험이 4배나 된다. 그 모든 부작용에도 불구하고 어쨌든 잠드니까 다행이라고 생각한다. 잠들지 못하는 고통이 그렇게나 컸었다.

항우울제와 수면제를 복용하기 시작하면서 알코올중독에서는 벗어날 수 있었다. 정신과 의사는 졸피뎀과 알코올을 함께 복용하면 심각한 부작용이 일어날 수 있다고 여러 번 경고했다. 사실 처음에는 그냥 술도 마셨다. 어차피 죽는 것은 겁나지 않았다. 아니, 죽고 싶었다. 죽고 싶은 환자에게 죽을 수도 있다는 부작용은 전혀 위협이 되지 않는다. 하지만 불면증이 나아지면서 나는 술을 서서히 줄여가기 시작했다. 그리고 지금은 술을 마시지 않는다.

알코올중독 증상과 수면제 부작용 중에 무엇이 더 나쁜지는 판단하기 힘들다. 내가 수면제를 선택한 것은 그나마 제정신인 채로 있는 시간이 많기 때문이다. 술에 취한 상태에서 자신도 모르게 실수나 잘못을 하는 것은 질색이다. 알코올중독일 때 나는 술에 취한 채 수많은 실수와 잘못을 저질렀다. 그런 나 자신이 싫어서 술을 끊었다. 그리고 선택에 만족한다.

"그림을 그리지 않았더라면 나는 이미 죽었을 것이다."

건강하지 못한 정신은 신체도 아프게 만든다. 뭉크는 만성 기관지염, 빈혈, 류마티스 관절염 등 수많은 질병으로 인해 어린 시절 제대로 된 교육을 받지 못했다. 게다가 우울증과 대인기피증이 있으니 학교를 다니지 못해 친구가 없었다. 하지만 뭉크는 그림을 그릴 때면 외롭지 않았다.

정신과 의사는 내게 우울 성향이 있기 때문에 우울증이 더 심각해졌을 거라고 진단했다. 즉, 우울증이 낫는다고 해도 내가 명랑쾌활한 성격으로 바뀌지는 않는다는 뜻이었다. 그리고 그 우울 성향이 있기에 글을 쓸 수 있다고도 말했다.

쉬는 시간이면 학생들은 복도로 몰려나온다. 까르르 웃음소리가 울려 퍼져 교무실까지 시끄럽다. 낙엽 뒹구는 것만 봐도 웃는다고 했던가. 아이들은 너무나 자주 크고 높은 소리를 내며 깔깔 웃는다. 아이들은 사소한 일에도 웃음을 터뜨린다. 가끔은 도무지 왜 웃는지 이해할 수 없는 때도 있다. 아이들의 웃음을 대할 때면 가끔 부럽다. 나에게는 그렇게 까르르 웃는 시절이 없었다. 나는 항상 소극적이고 조용한 아이였다.

가끔은 나에게 들러붙어 있는 '우울'이 지긋지긋하다. 오랜 시간 치료를 받았는데도 사라질 기미를 보이지 않는 '우울'이 소름끼치게 싫다. 하지만 익숙해져야만 했다. 어차피 평생을 함께해야만 한다면 '우울'을 받아들이고 적응해야만 한다. 뭉크의 말처럼 '우울'을 나라는 인간의 일부분이라고 생각해야 한다. 그리고 만약 '우울' 때문에 더 좋은 글을 쓸 수 있다면, 나는 기꺼이 '우울'을 사랑할 수 있고 사랑할 것이다.

"삶에 대한 두려움은 필요하다. 불안과 질병이 없는 나는 방향키 없는 배와 같다. 내 고통은 나 자신과 예술의 일부분이다. 고통을 나와 구분할 수 없다. 고통을 파괴하는 것은 나의 예술을 파괴하는 것이다. 나는 그 고통을 간직하고 싶다."

뭉크는 슬픔, 고통, 절망, 공포, 고독 등의 감정이 있기에 그림을 그릴 수 있다고 믿었다. 또한 뭉크는 그림을 그리는 동안만큼은 고통이 누그러지고 행복했다고 한다.

글과 그림을 비롯한 여러 가지 창작 활동은 정신적 고통을 완화한다. 정신과 의사는 나에게 쓸데없는 낙서라도 하라고 권유했다. 하지만 우울증이 가장 심각할 무렵에는 인지 능력과 집중력이 떨어져 도저히 글을 쓸 수 없었다. 그림은 시도조차 하지 않았다. 대신 나는 양말로 인형을 만들며 하루를 보냈다. 오직 바느질만 하면서 버텼다. 양말 인형을 완성하기 위해서 집중하는 시간 동안은 어두운 생각을 할 여유가 없었다.

통계에 의하면 예술가의 3분의 1이 우울증을 앓는다고 한다.

특히 작가의 자살률은 일반인의 15배라고 한다. 존스홉킨스대학교 케이 재미슨(Kay Redfield Jamison) 교수는 '20세기 위대한 예술가'들의 병력을 조사해 본 결과, 38%가 우울증을 앓았었다는 사실을 발견했다. 캘리포니아주립대 아키스칼(Akiskal) 교수는 수상 경력이 있는 예술가 20명을 인터뷰한 결과 반 이상이 우울증 병력을 고백했다고 발표했다. 켄터키대학교 아놀드 루드비히(Arnold M. Ludwig) 교수는 지난 100년 동안 각 분야에서 위대한 업적을 남긴 1,005명의 위인들이 쓴 자서전을 검토한 결과, 위대한 과학자나 기업인들보다 예술가에게 우울증 발병률이 3배 가까이 높았다고 발표했다. 아마도 예술가들이 혼자서 감당해야 했던 '창조의 고통'이 그들을 우울하게 만들었을 것이다.

아이러니하게도 창조성을 발휘하는 일은 정신장애를 완화하거나 치료하는 데 도움을 준다. 그래서 뭉크는 쉴 새 없이 그림을 그렸다. 그림을 그리기 위해서는 고통과 슬픔마저도 온전히 받아들일 수 있었다. 아니 고통스럽고 슬플수록 좋은 작품을 그릴 수 있었다. 카프카(Franz Kafka)도 신경증으로부터 벗어나기 위해 글을 쓴다고 말했다.

반대로 창작 활동이 오히려 정신장애를 촉발하는 경우도 있다. 톨스토이(Lev Nikolayevich Tolstoy)는 《안나 카레니나》를 집필한 뒤 심각한 우울증을 앓았고, 조지프 콘래드(Joseph Conrad)도

책을 출판한 뒤에는 신경 쇠약에 시달렸다.

전장 유전체 연관성 분석(genome-wide association study)을 포함한 다양한 유전체 연구를 실시한 결과, 창의성과 연관된 25개의 유전자 변이를 찾았다. 이 변이들은 뇌 조직 중 해마와 대뇌피질 발현에 영향을 줄 수 있다. 특히 창의성과 관련 있는 유전자 변이의 상당 부분이 실제 정신장애와도 연관성을 보인 것으로 분석됐다. 창의성과 우울증은 96%의 유전자 변이를 공유했다.[54]

신경과학자들은 우울증 때문에 위대한 예술가가 탄생한다고 주장한다. 실제로 우울증 환자들은 독창적이고 창의적인 생각들이 머릿속에서 맴돈다고 말한다. 우울증 환자들이 경험하는 극단적인 감정 상태의 변화는 때론 창조성의 원천이 되며, 사물을 새롭게 인식하도록 도와준다. 그래서 높은 창조성을 유지하기 위해 심한 우울증에 시달리면서도 약을 거부하는 예술가들도 있다.

반대로 우울증이 심각해지면 뇌에 변화가 일어나 창조성이 떨어지면서 작품 활동에 문제가 생기기도 한다. 앙드레 지드(Andre Paul Guillaume Gide), 고갱(Paul Gauguin), 슈만(Robert Alexander Schumann), 모네(Claude Monet) 등 많은 작가들이 우울증을 앓으면

---

54) 분당서울대병원 정신건강의학과 명우재, 성균관대 삼성융합의과학원, 삼성서울병원 원홍희 · 김혜진 · 안예은 · 윤주현, 2024년.

서 작품의 완성에 오랜 시간이 걸리거나 작품의 수준이 낮아지 거나 아예 창작 자체를 못 했다.

참 어렵다. 우울증 때문에 창조성이 떨어져 창작을 못하게 되 었는데, 창작을 해야만 우울증이 나아진다니. 어쩔 수 없다. 우 울증을 완화하기 위해서는 아무리 힘들고 어렵더라도 창작 활동 을 해야만 한다. 꼭 수준 높은 무언가를 만들어내지 않아도 된 다. 나처럼 단순한 만들기 작업으로도 충분하다. 그것조차 안 되 면 쓸모없는 낙서라도 하자.

뭉크는 운 좋게도 생전에 인정을 받은 화가 중 한 명이었다. 덕분에 부와 명예를 얻었고, 오슬로 외곽 에켈리에 있는 넓은 땅 을 구매할 수 있었다. 뭉크는 그 땅에 집을 짓고 풍경화나 자화 상을 그리며 20년을 혼자 살았다.

뭉크의 사생활에 대해 아는 사람들도, 그저 뭉크의 그림만 감 상한 사람들도 모두 뭉크가 자살로 생을 마감할 거라 예상했다. 하지만 뭉크는 80세의 나이에 노환으로 사망했다.

뭉크는 히틀러의 회유를 끝내 거절했고, 히틀러는 뭉크의 그 림을 '퇴폐 미술'이라고 규정짓고 없애라고 지시했다. 뭉크가 죽 을 당시는 제2차 세계대전이 한창이었다. 죽음을 예감한 뭉크는 나치에 의해 자신의 작품이 훼손될까 염려했다. 그래서 자신의 전 작품을 오슬로시에 기증한다는 자필 유언장을 남겼다.

뭉크의 창고에 들어간 사람들은 2만 8천 점이나 되는 작품 수에 압도되었다. 뭉크는 그림을 자신의 일부분이나 자식처럼 사랑했다. 그래서 그림을 팔기 싫어했다. 어쩔 수 없이 그림을 팔게 되면 똑같은 그림을 또 그렸다. 작품에 대한 집착 때문에 뭉크는 대량으로 찍어낼 수 있는 판화 작품도 제작했다. 현재 뭉크 미술관이 그의 전 작품을 소장할 수 있게 된 이유이다.

죽음은 누구에게도 반갑지 않은 소식이다. 하지만 죽음은 누구나 맞아야만 하는 삶의 끝이기도 하다. 우울증이 심각할 무렵 나는 나의 죽음을 준비하기 시작했다. 집에서 가까운 보건복지부 지정 등록기관을 찾아 상담을 받고 사전연명의료의향서, 즉 DNR 동의서를 작성했다. DNR이란 'Do Not Resuscitate'의 약자로, 해석 그대로 심폐소생술(CPR) 거부를 뜻한다. 물론 CPR 이후의 소생 조치인 호흡 튜브를 삽입하는 인공호흡, 혈액 투석, 수혈, 체외생명유지술, 항암제 투여, 혈압 상승제 투여 등도 거부한다.

국립장기조직 혈액 관리원에 신청하는 장기 기증은 이미 오래전에 등록해둔 상태였다. 재산 분배와 장례식 절차 등의 내용을 담은 유언장도 작성한 뒤 공증까지 받았다. 하지만 아직까지 그

서류들은 책상 서랍에서 잠자고 있다. 나는 결코 나의 손으로 나를 죽여서 그 서류를 세상에 내놓는 일은 없을 것이다.

뭉크는 사망한 뒤 16년 동안이나 잊혔다. 생전에 노르웨이 미술계와 마찰이 잦았고, 말년을 은둔해 살았기 때문이다. 1959년, 일간지 〈아포텐포스텐〉의 사진기자가 뭉크의 무덤을 촬영하려다 뭉크의 유골함이 화장장 한구석에 처박혀 있는 것을 발견했다. 이듬해 오슬로시는 뭉크의 유골함을 '우리의 구세주 공동묘지'에 안장했다. '우리의 구세주 공동묘지'에는 헨리크 입센(Henrik Johan Ibsen), 크리스티안 크로그(Christian Kroh), 비욘셰르네 비욘손(Bjornstjeme Bjornson) 등 노르웨이의 유명인사들이 묻혀 있다. 1963년, 뭉크 탄생 100주년을 맞아 퇴이엔에 뭉크미술관이 개관했다. 죽음을 두려워했던 뭉크는 작품으로 영원히 살아남을 것이다.

교사라는 직업은 다양한 인간관계를 가져야만 한다.
학생, 학부모, 동료 교사, 교감, 교장, 장학사…….
수많은 사람과 강제로 어울려야만 한다. 조현병을 앓는 학생도,
딸아이가 무서워 눈조차 마주하지 못한다는 학부모도,
어떻게든 행정 업무나 수업을 하지 않으려는 동료 교사도,
소리를 고래고래 지르며 갑질을 하는 교장도 마주 대해야만 한다.

베토벤은 청각에 문제가 생겼다는 사실을 철저히 비밀로 했다.
아마도 20대 후반부터 청각에 이상이 생긴 것으로 추측된다.
처음에는 이명 때문에 괴로웠지만 차츰 귀가 멀어갔다.
베토벤의 우울증과 대인기피는 점점 더 심각해졌다.
청각이 소실되면서 음악단 지휘자도 그만두었고 막강한 후원자도 떠났다.

영웅

루트비히 판 베토벤

Ludwig van Beethoven

/

1770년 12월 17일 ~ 1827년 3월 26일

베토벤 이전의 음악가는 파티의 흥을 돋우는 단순 기술자 취급을 받았다. 하지만 베토벤은 음악가의 지위를 불멸의 작품을 창작하는 예술가로 끌어올렸다. 당시 작곡가들은 귀족들의 후원금으로만 생활했기에 주종관계가 명확했다. 하지만 베토벤은 최초로 악곡에 작품번호(opus)를 매기며 저작권에 관심을 가졌다. 유럽 각국의 출판사들이 앞다투어 베토벤의 악보를 인쇄해 판매한 덕분에 베토벤은 제법 안정된 생활을 할 수 있었다.[55] 베토벤도 귀족의 후원을 받았지만, 귀족들에게 예속되지는 않았다. 베토벤은 후원을 하는 귀족이 조금이라도 음악에 대해 간섭을 하면 후원금을 포기해 버렸다.[56]

베토벤에게 이름을 물려준 할아버지 루트비히는 독일 쾰른 선제후 궁정의 악장이었고, 아버지 요한(Johann van Beethoven)은 궁

---

55) 동생 카스파는 베토벤의 작품 출판과 저작권 보호에 깊이 관여했다. 카스파는 베토벤의 반대에도 불구하고 미출판 작품을 판매했다. 또한 돈을 벌기 위해 인기곡을 편곡이나 개작하라고 권유하기도 했다.
56) 당시의 음악가들은 하인들과 비슷한 취급을 받았다. 작곡가로 성공한 뒤에도 하이든이나 모차르트는 부엌 한 귀퉁이에서 식사해야 했다. 하지만 베토벤은 귀족들과 같은 테이블에 앉는 것이 아니라면 아무리 지체가 높은 귀족이라도 초대를 거절했다. 베토벤은 "세상에 왕자는 수천 명이 있고 또 앞으로도 나오겠지만 베토벤은 오직 나 하나뿐"이라고 당당하게 말했다.

118

정 가수였다. 베토벤은 음악에 둘러싸여 태어났고 자랐다. 할아버지는 부업으로 와인 유통을 해서 돈을 벌었기에 가족들은 풍족하게 살았다. 하지만 베토벤이 3살 때 할아버지가 사망하자 형편은 급격히 나빠졌다. 베토벤의 아버지는 알코올중독자였으며 잦은 폭음으로 결국 목소리가 상해 가수를 그만둘 수밖에 없었다.

아버지는 베토벤의 음악적 재능을 이용해 돈을 벌기로 결심한다. 그래서 일단 작곡을 금지했고, 다락방에 가두어놓거나 잠을 재우지 않고 피아노를 연습시켰다. 술에 취해 밤늦게 들어온 날이면 어린 베토벤을 깨워 연습을 시켰다. 연주가 흡족하지 않으면 때리기도 했다.

어머니 마리아(Maria Magdalena van Beethoven)는 아버지의 학대에 가까운 교육방식을 문제 삼지 않았다. 어머니도 아버지의 폭력에 시달렸다. 어머니는 첫 결혼에서 자식 두 명을 잃었는데, 아버지와 재혼한 뒤에도 또다시 자식을 두 명 잃었다. 아이들이 연달아 죽자, 어머니는 그 충격으로 심각한 우울증을 앓았다. 어머니는 아이들을 잘 씻기지도 않고 자주 굶겼으며, 아이들의 교육에도 관심이 없었다. 우울증 환자는 도파민 분비가 되지 않아 욕망도 없으며, 무기력하다. 베토벤은 어머니를 대신해 두 남동생을 보살폈다.

산모의 우울증은 태아에게 스트레스로 작용한다. 어머니의 불안은 자궁동맥을 통과하는 혈액 흐름을 느리게 해 태아의 발달에 문제를 일으킨다. 장기적인 스트레스는 코르티솔 수치를 증가시켜 혈당을 증가시키고 면역 체계의 저하를 유발하고 뇌세포의 발달을 방해한다. 코르티솔의 혈중농도가 높아지면 해마의 기능을 위축시키고 뇌세포 기능에 충격을 준다. 산전 우울증은 조기 출산을 유도해 미숙아를 낳기도 한다. 베토벤은 면역력이 약해 평생 다양한 질병에 시달렸는데 어머니의 우울증이 태아 때 영향을 미쳤을 가능성도 있다.

출산 뒤의 우울증은 자녀와의 유대감 형성을 방해한다. 산후우울증을 앓는 어머니는 자녀 양육을 거부하고, 자녀를 미워한다. 심각한 경우 자식을 죽이기도 한다. 어머니가 산후우울증을 겪은 아동들의 경우 정서 및 행동 발달 장애나 정신병 증상이 나타날 가능성이 높다.

또한 어머니의 우울증은 자녀의 우울증으로 이어지는 경우가 많다. 스트레스를 받거나 트라우마 사건을 겪으면 DNA 메틸화[57]나 마이크로 RNA[58]에 이상이 생긴다. 유전자 중에는 코르티코트

---

57) DNA 메틸화란 단백질이 유전자에 들러붙지 못하게 해서 그 유전자의 발현을 억제하는 것을 말한다.
58) 마이크로 RNA는 작은 비부호화 RNA 분자이다.

로핀 방출인자[59] 1형(CRF1)과 2형(CRF2) 유전자가 있는데, 우울증이나 불안증이 있는 사람은 이 유전자가 증가한다. 그렇게 증가한 CRF1과 CRF2 유전자는 유전된다. 이러한 방식으로 어머니의 우울증은 자녀에게 전해진다. 베토벤의 우울증도 어머니로부터 시작되었다.[60]

베토벤은 11살 때 크리스티안 네페[61]를 만나 본격적으로 음악의 기초를 배웠다. 베토벤의 첫 출판 작품인 〈드레슬러 행진곡에 의한 9개의 변주곡〉에는 네페의 영향이 그대로 드러나 있다. 또한 베토벤은 음악의 본고장인 빈으로 가서 프란츠 하이든[62], 안토니오 살리에리[63] 등의 가르침을 받았다.

---

59) 코르티코트로핀 방출 호르몬 수용체이다.

60) 우울증을 유전인 것이라 보지 않는 의견도 많다. 한 가족 내 자살이 많은 경우에도 마찬가지이다. 결핵을 유전이라 보지 않는 것과 같다. 물려받은 것은 우울병 자체가 아니라 발병하기 쉬운 조건이라는 것이다.

61) 크리스티안 고틀로프 네페(Christian Gottlob Neefe, 1748년 2월 5일~1798년 1월 28일)는 독일의 지휘자이자 작곡가이다.

62) 프란츠 요제프 하이든(Franz Joseph Haydn, 1732년 3월 31일~1809년 5월 31일)은 오스트리아의 작곡가이다. 〈천지창조〉, 〈사계〉 등의 작품을 남겼다.

63) 안토니오 살리에리(Antonio Salieri, 1750년 8월 18일~1825년 5월 7일)는 이탈리아 출신의 작곡가이다. 베토벤, 슈베르트, 리스트 등의 작곡가들을 가르치기도 했다. 모차르트와의 대립 관계로 유명하다. 뛰어난 능력을 가진 1인자를 질투·시기하면서 열등감을 느끼는 2인자가 보이는 정신 상태를 살리에리증후군(Salieri

베토벤이 16살이 되던 해 어머니가 세상을 떠나고 베토벤은 가장이 된다. 알코올중독 아버지와 어린 두 동생을 보살피기 위해서는 돈을 벌어야만 했다. 다행히 법정 다툼을 해서 아버지가 받는 연금의 절반을 받을 수 있었다. 베토벤은 개인 교습을 하거나 궁정악단에서 피아노를 연주하며 가족의 생계를 책임졌다.

베토벤은 귀족들의 파티 배경음악이나 연주하는 음악가를 혐오했지만, 생계를 유지하기 위해 어쩔 수 없이 귀족들의 파티에서 연주해야만 했다. 베토벤은 즉흥연주에 있어 독보적 존재여서 귀족들에게 큰 인기를 끌었다. 베토벤은 프라하, 드레스덴, 라이프치히, 베를린 등으로 연주 여행을 하면서 명성을 쌓았다. 하지만 청각에 문제가 생기면서 연주 여행을 그만둘 수밖에 없었다.

베토벤은 청각에 문제가 생겼다는 사실을 철저히 비밀로 했다. 아마도 20대 후반부터 청각에 이상이 생긴 것으로 추측된다. 처음에는 이명 때문에 괴로웠지만 차츰 귀가 멀어갔다. 베토벤의 우울증과 대인기피는 점점 더 심각해졌다. 청각이 소실되면서 음악단 지휘자도 그만두었고 막강한 후원자도 떠났다. 베토

---

syndrome)이라고 부른다.

벤은 생활고 때문에 저작권 문제에 더 예민해졌다.

의사의 권유로 오스트리아의 시골 마을인 하일리겐슈타트로 가서 요양을 했지만 청각은 돌아오지 않았다. 당시 베토벤은 자살 시도를 하며 유서까지 남겼다. 동생들에게 보내는 편지인 '하일리겐슈타트 유서'는 베토벤 사후에 발견되었다. 하지만 베토벤은 위대한 작품을 작곡하기 전에는 죽을 수 없다는 생각에 살기로 결심했다.

"나를 파괴하지 못하는 것은 나를 더욱 강하게 만든다."

니체의 명언을 완벽하게 현실로 보여준 사람이 바로 베토벤이다.

이후 베토벤은 하이든과 모차르트의 영향을 완전히 벗어버리고 자신만의 음악 세계를 구축하기 시작했다. 흔히 〈영웅〉이라 불리는 〈제3번 교향곡〉은 낭만주의 음악의 시작을 알렸다. 처음에 베토벤은 '신분의 평등'을 내세운 나폴레옹 보나파르트(Napoléon Bonaparte)의 혁명에 감명을 받아 나폴레옹에게 〈제3번 교향곡〉을 헌정하려고 했다. 그래서 제목도 〈보나파르트〉라고 지었다. 하지만 나폴레옹이 황제에 오르자 격분해 악보에서 제목을 긁어내 버렸다.

베토벤의 난청 원인에 대해서는 여러 가지 설이 있다. 매독, 납 중독, 티푸스, 자가면역 질환, 귀경화증[64] 등의 설이 있다. 심지어는 잠을 깨기 위해 찬물에 머리를 담그던 습관이 원인이라는 주장도 있다. 베토벤은 찰스 네이트[65]에게 1798년 어떤 가수와 다투다가 발작을 일으킨 뒤 청력이 상실되기 시작했다고 말했다.

베토벤의 실제 머리카락을 분석한 결과, 베토벤의 머리카락에서는 수은이 발견되지 않았다. 베토벤이 살았을 당시 매독에는 수은이 치료제로 쓰였다. 그러니 베토벤은 매독을 앓지 않은 것으로 추정된다. 하지만 베토벤의 머리카락에서는 통상의 100배 가까운 납이 검출되었다. 납은 청각이나 정신 상태에 악영향을 주는 중금속이다. 소량의 납이라도 지속적으로 노출되면 청각장애를 발생시킨다. 베토벤은 비싼 사탕수수 설탕 대신 아세트산납 설탕으로 단맛을 내는 값싼 화이트 와인 브랜드인 토커이 포도주을 즐겨 마셨다. 또한 당시에는 상처 소독을 위해 납이 사용되었다. 당연히 납에 중독될 수밖에 없는 환경이었다.

---

64) 귀경화증은 중이 안에 있는 이소골의 하나인 아부미골이 경화하여 이명이 들리고 난청이 되는 질병이다. 20대나 30대에 많이 발생한다. 귀경화증을 앓게 되면 사람 목소리는 전혀 들리지 않게 되지만 피아노의 고음부 진동은 약간 느낄 수 있다.
65) 찰스 네이트(Charles Neate, 1784년 3월 28일~1877년 3월 30일))는 영국의 피아니스트이다.

결벽증에 가까울 정도로 깔끔하던 베토벤은 시간이 갈수록 더러워졌다. 옷차림이나 외모에도 신경을 쓰지 않아 경찰이 노숙자로 오인하고 체포한 적도 있다. 자제력도 없어져서 스트레스가 쌓이면 큰길에 나가 마구 고함을 질러대서 미치광이 취급을 받기도 했다. 베토벤은 커피 원두를 꼭 60알만 세어서 커피를 만들었으며, 70번이 넘게 이사를 했다. 베토벤이 점점 괴팍한 성격으로 변해간 것은 납 중독의 증상일 수도 있다. 말년의 건강 문제 모두 납 중독과 연관이 있는 것으로 추정된다.

원인이 무엇이든 베토벤이 청각상실로 고통 받았다는 점은 변하지 않는다. 베토벤은 입에 막대기를 물고 치아와 피아노 건반을 연결해서 피아노 소리를 진동으로 느끼며 작곡을 했다. 또한 필담으로 다른 사람과 소통했다. 베토벤의 필담 노트에는 음악은 물론이고 사생활에 관련된 내용도 많아 베토벤 연구의 주요 자료로 쓰인다.

완전실청 및 청각장애를 앓았던 작곡가들로는 윌리엄 보이스[66]와 가브리엘 포레[67]가 있지만, 이들의 작곡 활동은 청각장애가 발

---

66) 윌리엄 보이스(William Boyce, 1711년 9월 11일~1779년 2월 7일)는 영국의 오르간 연주자이자 작곡가이다.
67) 가브리엘 포레(Gabriel, Fauré, 1845년 5월 12일~1924년 11월 4일)는 프랑스의 오르

생한 뒤 급격히 감소했다. 하지만 베토벤은 청각상실에도 불구하고 수많은 작품을 창작했다.

평범한 사람이라면 작곡가라는 꿈을 포기했을 것이다. 청력을 잃었는데 음악을 한다는 건 불가능한 일이었다. 하지만 베토벤은 기어이 해냈다. 그러니 천재겠지만 말이다. 꿈에 대한 열정은 기적을 만들어내기도 한다.

"운명은 사람에게 인내할 용기를 주었다."
"나는 운명의 목을 조르고 싶다. 어떤 일이 있더라도 운명에 져서는 안 된다."
"네 자신의 불행을 생각하지 않게 되는 가장 좋은 방법은 일에 몰두하는 것이다."
"나는 참고 견디면서 생각한다, 모든 불행은 뭔지 모르지만 좋은 것을 동반해 온다고."
"악보를 틀리게 연주하는 것은 넘어갈 수 있다. 하지만 열정 없이 연주하는 것은 변명의 여지가 없다."

간 연주자이자 작곡가이다.

베토벤은 천재였는데도 불구하고 언제나 최선을 다했다. 필담 노트에는 베토벤이 자신을 위로하고 격려하기 위해 쓴 글로 가득했다. 베토벤은 청각상실의 운명에 져서는 안 된다고 다짐하고, 고통을 뛰어넘는 작품을 쓰고 말겠다고 결심한다. 죽음의 순간 마음에 드는 작품을 작곡하기 위해 살아남았던 베토벤은 모든 순간이 마지막 순간인 것처럼 열정적으로 살았다. 진정한 '영웅'은 베토벤 자신이었다.

돈을 많이 버는 직업이 아니라도, 불안정한 계약직이나 프리랜서라도, 자신이 좋아하는 일을 하면서 살 수 있다면 괜찮은 삶이다. 꿈을 이루기 위해 가는 길에는 당연히 장애가 있기 마련이다. 가정 형편이 어려울 수도, 뛰어난 재능을 가진 사람과 경쟁해야 할 수도 있다. 좋아하지만 뛰어나지 못해 성공하지 못한 경우도 많다. 나의 노력이 다른 이의 재능을 뛰어넘지 못해서 낙담할 수도 있다. 특히 예술 분야는 천부적 재능이 있어야 성공할 수 있다. 천부적 재능이 있어도 운이 없어서 생전에 인정받지 못하는 경우도 있다. 그래도 미리 포기하지는 말아야 한다. 간절한 꿈이라면 어떤 장애가 있더라도 일단 최선의 노력은 해 봐야 한다. 최선을 다했다면 후회가 없을 테니까 말이다.

오랜 시간 온힘을 다해 애썼는데도 불구하고 꿈이 여전히 멀리 있다면 차라리 포기하는 것이 나을 수도 있다. 교사 임용고시에 몇 번이나 떨어진 친구가 있었다. 처음 3년은 부모님이 도와주셔서 임용고시만 준비할 수 있었다. 그 뒤에는 기간제 교사를 하면서 임용고시를 준비했다. 공부만 할 때보다 당연히 성적이 떨어졌다. 그래도 미련을 버리지 못하고 친구는 계속 임용고시에 매달렸다. 서른 살 생일에 만난 친구는 임용고시를 포기하겠다고 선언했다. 시험 응시를 그만두어야 하는 상황이 힘들어서 펑펑 울 거라고 생각했는데, 친구는 오히려 기분이 좋다고 했다. 20대를 시험 준비로만 보냈다는 게 후회된다고도 했다. 결국 친구는 중소기업의 회사원이 되었다. 그리고 자신이 원하던 여행을 하면서 신나는 30대를 보냈다.

시작하는 것도 어렵지만, 끝내는 것도 어렵다. 간절했던 꿈을 포기하는 것은 쉽지 않다. '조금만 더 노력하면 될 거야.' 미련이 남아 놓지 못한다. 하지만 냉정하고 객관적인 시선으로 판단하고 결정해야 한다. 포기해야 하는 순간이 다가오면 과감하게 포기하는 것도 나쁘지 않다. 아니, 포기해야만 한다. 그리고 다른 꿈을 찾아야만 한다.

꿈과 실제 직업이 일치되는 경우는 많지 않다. 아이들의 진로 희망은 한정적이다. 교사, 의사, 판사, 변호사, 기자, 경찰, 유튜버……. 아직까지 다양한 경험을 하지 못했기에 알고 있는 직업이 몇 가지밖에 없다. 하지만 세상에는 수많은 직업이 있다. 비록 바라던 꿈이 아니더라도 자신의 성격에 잘 맞는 직업을 가지고 살아가는 것도 괜찮다.

항우울제의 효과 테스트 중 포솔트 테스트라는 것이 있다. 항우울제를 복용한 동물이 쓸모없는 노력을 얼마나 계속하는지를 확인하는 테스트이다. 물이 가득 찬 비커에 실험용 쥐를 빠뜨리고 쥐가 얼마나 오래 헤엄치는지를 측정했더니, 프로작을 먹은 쥐들은 오히려 오래 헤엄치고 기운이 빠져서 익사할 가능성이 높다는 결과가 나왔다. 포기하지 못하는 것이 나쁜 결과를 초래한 것이다.

자꾸만 포기하고 싶다면, 너무 지치고 힘들다면, 포기해도 괜찮다. 포기도 용기 있는 사람만이 할 수 있다.

청각이 상실되어가면서 베토벤은 사람들과 만나기를 꺼렸다. 원래 사람들과 어울리는 것을 좋아하는 편은 아니었다. 그저 자신의 음악 창작 활동을 위해 귀족들과 어울렸을 뿐이었다. 베토벤은 사교활동을 하지 않아 생기는 시간적 여유를 독서를 하며 보냈다. 독서는 청각상실의 고통을 잠시 잊게 만들어 주었다. 베토벤은 호메로스, 윌리엄 셰익스피어, 임마누엘 칸트, 요한 볼프강 폰 괴테, 실러 등의 작품을 차례로 읽어나가기 시작했다. 본

대학에서 철학 강의를 단순히 청강했던 것이 교육의 전부였지만 베토벤은 풍부한 독서량 덕분에 박학다식했다. 그리고 풍부한 독서량은 작품에 깊이를 더했다.

나는 사회성이 없는 데다 폐쇄적인 성격이다. 게다가 불행히도 아버지가 직업군인이었기에 전학을 자주 다녀야만 했다. 낯선 환경에서 새로운 친구를 사귀는 건 언제나 힘들고 어려웠다. 학년이 바뀌는 3월 2일이 되면 아이들은 학급 내 친구를 만들기 위해 안간힘을 쓴다. 여학생들은 보통 서너 명이 모여서 친하게 지내는데 일단 무리가 만들어지면 다른 아이들은 끼워주지 않는다. 나도 고등학교 1학년 때 만난 친구들과 고등학교 3학년까지 친하게 지냈다.

학창 시절에는 사교성이 없어도 그리 문제 되지 않았다. 내가 싫어하는 아이라면 어울리지 않으면 그만이었다. 하지만 교사라는 직업은 다양한 인간관계를 가져야만 한다. 학생, 학부모, 동료 교사, 교감, 교장, 장학사……. 수많은 사람과 강제로 어울려야만 한다. 조현병을 앓는 학생도, 딸아이가 무서워 눈조차 마주하지 못한다는 학부모도, 어떻게든 행정 업무나 수업을 하지 않으려는 동료 교사도, 소리를 고래고래 지르며 갑질을 하는 교장도 마주 대해야만 한다.

나는 감정을 감추지 못한다. 싫어하는 사람을 대하면 싸늘하게 굳어 입술조차 달싹이지 않는다. 어색한 침묵이 무거워도 먼저 말을 꺼내지 못한다. 나의 가장 큰 단점이다. 신규 교사 시절 나는 사회성을 끌어올리기 위해 최선을 다했다. 싫어하는 학생이라도 웃는 얼굴로 격려하고, 뻔뻔한 동료의 업무를 대신 해주면서도 웃었다. 회식이나 교사 동호회라면 질색인데도 한 번도 빠지지 않고 참석했다. 교감·교장이 부당한 업무지시를 해도 항의하지 않고 즉시 해냈다. 온통 거짓된 일상이었다.

나는 의무적인 인간관계가 싫고 괴롭고 짜증났다. 그래도 드러내지 않았다. 경력이 쌓이면서 감정을 감추는 일에 익숙해졌고 거짓말만 늘었다. 나는 모든 사람과 가까워지려고 노력했다. 모여서 떠들고 노는 것을 좋아하지 않는데도 다양한 모임에서 떠들며 시간을 보냈다. 반강제로 모임에 참석할 때면 마음속으로 내내 모임이 빨리 끝나길 바랐다. 모임을 끝내고 집에 들어와 침대에 눕고 나서야 긴장했던 근육이 풀렸다. 하지만 어느 순간부터 그런 노력이 무의미하게 느껴졌다.

나는 혼자 있는 게 가장 편안하다. 다른 사람을 만나면 피곤하다. 그래서 언제나 집에 틀어박혀 있다. 나이가 들면서 점점 더 인간관계에 회의적인 사람이 되었다. 그래도 인간은 사회적 동물이기에 인간관계를 맺을 수밖에 없다. 친구들이나 가족들과는 전화로 소통한다. 친구들이 기어이 얼굴을 봐야겠다고 우기면 어쩔 수 없이 약속을 한다. 그리고 약속 시간까지 망설이며 고민한다. 어떻게든 핑계를 만들어 나가지 말까, 하는 생각에 흔들린다. 친구들은 나의 성격을 알기에 만남을 강요하지는 않는다.

나는 매일 마주하는 직장동료와 가까워지려 애쓰지 않는다. 그저 같은 공간에서 함께 일하는 사람일 뿐이다. 굳이 사적으로 가까워질 필요는 없다. 친하게 지내면 업무상 협조를 받아야 할 때 편할 수도 있지만 그렇게까지 해서 편하고 싶지 않다. 게다가 친하지 않다는 이유로 업무 협조를 하지 않는 인성을 가진 사람과는 절대로 관계를 만들고 싶지 않다.

누군가는 삭막한 삶이라고 생각해 나를 불쌍하게 여길 수도 있다. 상관없다. 남들이 뭐라건 이제는 신경 쓰지 않는다. 나는 지금 나의 일상이 편안하다. 내 마음을 이해하고 격려해주는 친구 몇 명이면 충분하다. 업무상 애로에 공감하고 위로하는 동료 몇 명이면 괜찮다. 많은 사람과 얕게 알고 지내는 것보다는 적은 사람과 깊게 알고 지내는 것이 나을 수도 있다. 그러니 억지로 사교적인 사람이 되려고 애쓸 필요는 없다. 혼자가 편하다면 혼자여도 된다. 느긋하게 혼자 밥을 먹고, 당당하게 혼자 영화를 보고 들어와, 혼자만의 방에서 잠드는 생활도 괜찮다.

나는 문자 중독자이다. 쉬는 시간을 대부분 독서로 보낸다. 그래서 혼자여도 외롭거나 고독하지 않다. 굳이 독서가 아니더라도 혼자 있는 시간을 심심하지 않게 보낼 취미는 하나쯤 가지는 것이 좋다. 유튜브 시청이나 SNS 중독이 시간 낭비라는 비판도 있지만, 나는 동의하지 않는다. 어차피 시간을 소모하기 위해 하는 일이 취미이다. 유튜브 시청을 하면서 스트레스가 풀리고, SNS를 하면서 열등감을 풀 수 있다면, 상관없다. 어떤 취미든 당신이 원하는 것을 해라.

베토벤은 평생 독신이었지만 꽤 많은 연애를 했다. 베토벤 사후에 발견된 연애편지의 주인공이 누구인지에 대해서는 아직도 논란 중이다. '불멸의 연인' 후보로는 요제피네[68], 귀차르디[69], 브렌타노[70], 말파티[71] 등이 있다. 일설에 따르면 음악가들은 베토

---

68) 조세핀 브룬스윅 요제피네(Josefine Brunswik von Korompa, 1779년~1821년)는 헝가리 귀족 집안 출신으로 베토벤에게 피아노를 배웠다.
69) 줄리에 귀차르디(Julie Guicciardi, 1784년~1856년)는 백작 부인으로 베토벤과 바람을 피웠다.
70) 안토니 브렌타노(Antonie Brentano, 1780년~1869년)는 프란츠 브렌타노의 아내로 베토벤과 바람을 피웠다.
71) 테레제 말파티(Therese Malfatti von Rohrenbach zu Dezza, 1792 - 1851)는 베토벤의 주치의인 요한 말파티의 조카딸이자 빈의 거상 야콥 말파티의 딸이었다. 〈엘리제를 위하여〉의 엘리제가 테레제 말파티이다. 베토벤이 악보에 '테레제'라고 적은

벤에게 호감을 얻기 위해서라면 애인이나 부인이 베토벤과 외도를 해도 모른 척했다. 아니, 오히려 좋아했다. 베토벤은 수줍음이 많아서 정상적인 연애에는 서툴렀다. 그래서인지 베토벤은 창녀촌에 자주 드나들었다.

공식적으로 베토벤은 자식이 없었지만, 미노나 슈타겔베르크를 베토벤과 요제피네 사이에 낳은 딸로 추정하는 학자도 있다. Anonim('익명'이라는 뜻)을 거꾸로 읽어 Minona로 이름 지었다는 것이다. 하지만 가족에 집착하는 베토벤의 성격으로 볼 때 친딸을 모른 척하지는 않았을 것이다. 그래서 근거 없는 풍문이라는 주장이 압도적이다.

베토벤의 남동생 카스파 판 베토벤은 41살에 결핵으로 죽었는데, 베토벤은 유일한 조카인 9살 카를에 대한 친권과 양육권을 얻기 위해 오랫동안 소송을 진행했다. 결국 5년이나 걸려서 베토벤은 카스파의 아내이자 카를의 친어머니에게서 카를을 **빼앗아**온다. 베토벤은 제수인 요한나[72]를 '밤의 여왕'이라고 부를 정도로

글씨가 너무 악필이라 출판업자가 '엘리제'로 잘못 알고 인쇄해서 〈엘리제를 위하여〉로 알려지게 되었다.

72) 요한나 판 베토벤(Johanna van Beethoven, 1786~1869)은 베토벤의 첫째 동생 카스파의 아내이다. 19살에 집안의 패물을 훔쳐 애인과 도망가려 하다 부모가 신고해

싫어했다. 하지만 정작 친권과 양육권을 가지게 된 베토벤은 카를을 다정하게 보살피기는커녕 일방적으로 명령하고, 지시를 제대로 해내지 못하면 야단치기만 했다. 카를은 엄격하고 고집 센 베토벤과 사이가 나빴고, 어머니에게 가고 싶다고 매일 졸랐다.

카를은 베토벤이 시키는 대로 대학에 입학한 뒤 술과 당구에 빠져 지냈다. 베토벤은 카를을 못마땅하게 여겨 다툼은 잦아졌다. 베토벤은 카를이 쓰는 돈의 사용처를 하나하나 확인할 정도로 엄격하게 단속했다. 갈등이 점점 악화되던 즈음, 카를이 몰래 친어머니를 만나고 온 것을 알게 된 베토벤은 격노했다. 다시는 친어머니를 만나지 말라는 베토벤의 명령에 좌절한 카를은 시계를 전당포에 맡기고 두 자루의 총을 사서 자신의 머리에 두 발을 쏘았다. 카를은 다행히 살아남았고, 베토벤과 화해하기 위해 그

붙잡힌 적이 있을 정도로 도벽이 심각했다. 또한 사생활이 복잡해 평판이 좋지 않았다. 하지만 카스파는 요한나가 카를을 임신하자 서둘러 결혼했다. 요한나는 카스파가 죽고 나서 한 달 뒤 아들을 낳았는데 카스파의 아들인지는 확실치 않다. 어쨌든 베토벤은 친조카라 여기지 않았기에 카를에 대한 소송만 진행한 것으로 판단된다. 요한나는 베토벤과 소송 막바지에도 딸을 낳았다. 사생아 딸의 아버지는 돈 많은 유부남으로 종 제조업자였는데 요한나에게 돈을 주는 조건으로 입막음을 했다. 당시에는 카를도 카스파의 친아들이 아니라는 소문이 돌았다. 단정치 못한 행실 외에도 요한나는 결혼생활 내내 여러 문제를 일으켰다. '밤의 여왕'은 모차르트의 〈마술 피리〉에 나오는 악역이다. 버나드 로즈 감독의 〈불멸의 연인 (Immortal Beloved)〉은 요한나가 '불멸의 연인'이며 카를은 베토벤의 아들이라는 당시의 소문을 바탕으로 만들어졌다. 하지만 근거가 부족한 허구라고 보는 게 옳다.

나익센도르프로 요양하러 가기도 했다. 오랜 소송에 지친 데다 카를의 자살 시도 때문에 베토벤의 우울증은 심각한 상태였다.

요즘 아이들은 에잇 포켓(8 pockets)이라고 한다. 워낙 아이가 귀하다 보니 친조부모, 외조부모, 부모, 이모, 고모, 8명이 아낌없이 지갑을 벌리기 때문이다. 베토벤이 조카에게 집착했던 것 이상으로 나도 여동생의 아들인 제이미에게 집착한다. 제이미를 위해서라면 어떤 희생도 할 준비가 되어 있다. 제이미는 나에게 자식이나 마찬가지이다. 하지만 가끔 내 사랑이 제이미에게 부담이 될까 걱정스럽다. 지나친 사랑은 억압이나 폭력이 될 수도 있다.
호주 국적인 제이미는 한국에 들어오면 언제나 우리 집에 머문다. 제이미와 나는 집안에서도 떨어지지 않는다. 이제 열다섯이 된 아이는 제법 자신의 의견이 뚜렷해졌다. 좋아하는 것과 싫어하는 것도 분명하고, 나와 반대인 의견도 서슴지 않고 내세울 줄 안다. 굳이 내 의견을 강요하지 않는다. 진짜 사랑한다면 나와 다른 의견도 존중해주어야 한다.
자신의 의견이나 생활방식을 자식에게 강요하는 부모가 있다. 자식에게 집착하며 자신의 뜻대로 조종하려는 부모는 끔찍하다. 자신의 꿈을 자식에게 투영해 강요하는 부모도 잔인하다. 자신의 꿈을 다른 누군가가 이루어주기를 기대하면 안 된다.

제이미와 처음으로 만난 순간을 기억한다. 나는 순식간에 사랑에 빠졌다. 그 누구도 제이미만큼 강렬하게 사랑하지 않았다. 제이미만 생각하면 설레고 떨렸다. 제이미와 함께 있으면 생생하게 살아있는 것 같았다. 무료하던 일상이 기억하고 싶은 순간이 되었다. 기어 다니던 제이미가 첫 발자국을 떼던 순간 나는 너무 좋아서 소리를 질렀다. 말도 못 하던 제이미는 혼자 방에서 울고 있는 내게 다가와 작은 손으로 눈물을 닦아주기도 했다. 제이미가 '으마'라고 괴상한 단어를 내뱉은 순간 나는 '이모'라는 말을 가르치기 시작했다.

제이미가 호주로 돌아갔을 때, 나는 깊은 우울증에 빠졌다. 그제야 제이미와 함께한 시간이 행복했다는 것을 깨달았다.

말초신경계 중 가장 가는 것을 C 섬유라고 하는데 이 C 섬유로 이루어진 신경이 통증을 전달한다. C 신경을 통해 전달된 통증 감각이 대뇌의 감각 중추에 전해지면 우리는 아프다고 느끼게 된다. 그런데 통증의 정도는 변연계에 의해 어느 정도 조절이 가능하다. 어머니가 다정한 목소리로 속삭이며 아기의 배를 쓰다듬어주면 우선 시각 중추와 청각 중추에서 그 사실이 인식된다. 그리고 감정 중추인 변연계를 자극한다. 변연계는 엔도르핀 같은 진통 완화 효과가 있는 호르몬들을 분비하여 통증을 감소시킨다.

모든 감각은 척수에 모이는데, 통각 감각이 척수에 전달되는 순간 촉각 감각은 길을 막고 통각이 전달되는 것을 방해한다. 촉각 감각을 활성화시키면 통각 정보가 줄어든다. 즉, 촉각 감각이 통각 감각이 지나가는 길목을 지키며 통각의 정도를 조절한다는 것이다. 이 이론을 문지기 설(gate theory)이라고 한다. 사랑하는 사람과 손을 잡거나 등을 쓰다듬거나 꽉 껴안으면 고통이 줄어든다. 자주 하면 할수록 고통은 감소한다.

즉, 사랑은 과학적으로 고통을 줄어들게 하거나 치유한다. 역시 사랑은 위대하다. 그러니 사랑해라. 연인이 아니라도 좋다. 친구나 가족도 괜찮다. 얼굴 한 번 실제로 본 적이 없는 연예인도 상관없다. 누구든 사랑해라. 그래야 살아갈 힘을 얻을 수 있다.

흔히 〈합창〉으로 알려진 〈제9번 교향곡〉은 베토벤이 완성한 마지막 교향곡이다. 베토벤이 청력을 완전히 상실한 상태에서 쓴 작품이다. 베토벤은 처음으로 교향곡에 악기가 아닌 사람의 목소리를 넣었다.

〈합창〉의 초연 당시 베토벤은 지휘를 하겠다고 우겼다. 난감해진 극장 측은 결국 미카엘 움라우프[73]를 보조 지휘자로 삼아

---

73) 미카엘 움라우프(Michael Umlauf, 1781년~1842년)는 영국의 지휘자이다.

베토벤과 함께 무대에 올렸다. 연주자들은 두 명의 지휘를 동시에 보며 연주했다. 마지막 4악장까지 끝난 뒤 베토벤은 청중의 박수 소리를 전혀 듣지 못해 우두커니 서 있었고, 카롤리네 웅거[74]가 베토벤을 부축해 돌려세워서 청중의 엄청난 환호를 보게 하자 비로소 눈물을 흘렸다.

〈합창〉은 프리드리히 실러[75]의 〈환희의 송가〉를 가사로 한 곡이다.[76] 19살 무렵 청강생으로 다닌 본 대학의 철학 강의에서 〈환희의 송가〉를 접했으니 작곡에 34년이나 걸린 것이다. 작곡을 결심할 당시 베토벤은 〈제1번 교향곡〉도 완성하기 전이었다. 베토벤은 다른 곡을 작곡하면서도 〈합창〉에 대한 집념을 보였다. 어쩌면 베토벤은 〈합창〉을 완성하기 위해 살아남았는지도 모른다.

〈합창〉은 제2차 세계대전 당시 히틀러의 나치 정권이 자주 연

---

74) 카롤리네 웅거(Caroline Unger, 1803년~1877년)는 영국의 알토 가수이다. 고음 파트가 너무 어려워 베토벤에게 악보 수정을 요청했다가 눈물 쏙 빠지게 혼이 난 적이 있다.

75) 요한 크리스토프 프리드리히 폰 실러(Johann Christoph Friedrich von Schiller, 1759년 11월 10일~1805년 5월 9일)는 독일 고전주의 극작가이자 시인이다.

76) "오, 친구, 이 소리가 아니오! 우리가 더 기쁘고 환희에 찬 연주를 합시다! 환희! 환희! 기쁨, 신들의 아름다운 불꽃이며, 낙원의 딸이여, 우리는 그 불에 취해 천상에 있는 당신의 성소로 들어갑니다! 당신의 마법이 관습이 나눈 우리를 다시 묶어 하나로 만듭니다. 당신의 부드러운 날개가 머무는 곳에서는 모든 사람이 형제가 됩니다."; 베토벤이 〈환희의 송가〉를 위해 개작한 가사의 일부이다.

주했던 곡으로도 유명하다. 〈합창〉은 연주회장뿐만 아니라 아우슈비츠 수용소의 가스실에서도 자주 연주되었다. 아이러니하게도 유대인들 역시 희망적인 가사가 마음에 든다는 이유로 〈합창〉을 좋아했다. 유럽 연합(EU)은 〈합창〉을 연합의 통일성을 상징하는 곡으로 지정했다.

나는 끈기나 인내심이 부족하다. 어떤 일이든 시작만 하고 끝내지를 못하는 경우가 많다. 수영, 에어로빅, 요리, 발레, 각종 공예 등을 배우기 위해 학원을 등록하면 고작 서너 번 가고 포기해 버린다. 며칠에 한 번씩 다이어트를 하겠다고 결심하고는 하루 굶고는, 다음 날 폭식을 하기 일쑤다. 아침형 인간이 되겠다고 다짐을 하고는, 이튿날이 밝으면 침대에서 뭉그적거리다 점심때나 일어난다.

어릴 때부터 그랬다. 피아노를 그만두고 첼로를 배웠지만 한 달 만에 포기했다. 소극적인 성격을 개선하기 위해 억지로 갔던 웅변 학원은 엄마가 무서워 어쩔 수 없이 한 달은 다녔다. 서예 학원에도 등록했지만 지루해서 역시 한 달만 다니고 그만뒀다. 호기심 많고 변덕이 심한 성격이라 하고 싶은 것은 넘쳐났다. 하지만 언제나 굳게 결심하고 간절하게 시작했는데 끝내지 못했다. 끈기가 부족한 내가 한심하고 싫었다.

하지만 나도 그만두지 못하고 매달리는 것이 있었다. 바로 글쓰기와 독서이다. 읽고 쓰는 일은 지치지 않는다. 로맨스 소설이나 추리소설을 좋아하는데, 좋아하는 로맨스 소설은 외울 정도로 여러 번 읽는다. 종이책을 좋아하지만 공간 부족으로 전자책을 사 본다. 주로 사용하는 전자책 앱에 접속해 확인했더니 천권이 넘는 로맨스 소설을 구매한 기록이 있었다.

무언가에 집착하고 폐쇄적인 사람을 '오타쿠'라고 한다. 원래 일본어로 '집'을 뜻하는데, 만화나 애니메이션에 마니아를 넘어서 편집증적으로 심취하는 사람을 가리키는 말이 되었다. 보통 나쁜 의미로 쓰이지만 나는 그 말이 그리 싫지 않다. 타인에게 피해를 주지 않는다면 좋아하는 일에 푹 빠져 사는 것도 괜찮다. 그렇게 집념을 가지고 열심히 읽고 쓰다 보면 나도 마음에 흡족한 로맨스 소설 하나 정도는 쓸 수 있지 않을까 싶다.

베토벤은 평생 설사, 복통, 산통, 열병, 염증, 류머티즘, 황달, 간경변, 폐렴과 같은 다양한 질병에 시달렸다. 갖가지 질병이 심각해지면서 베토벤은 조카 카를과 함께 그나익센도르프에 있는 남동생 요한의 집에서 머무르며 요양을 했다. 하지만 석 달 만에 요한과 사이가 나빠져서 빈으로 돌아와야 했다. 추운 날씨에 이동하느라 베토벤은 폐렴에 걸리고 만다. 조카 카를은 아픈 베토벤의 곁을 지켰다.

빈에서 내로라하는 유명한 의사들이 치료를 위해 애썼다. 하지만 베토벤의 증상은 악화되기만 했다. 베토벤은 다리와 복부에 물이 차서 부풀어 올라 움직일 수조차 없었다. 또한 심각한 간경변 증상인 황달로 얼굴이 누렇게 떴다. 베토벤의 상태가 심각하다는 소식이 퍼지자 디아벨리, 슈판치히, 리히노프스키, 쉰들러, 훔멜, 페르디난트 힐러 등 많은 사람들이 방문했다.

하지만 배에서 물을 4번이나 뽑아내고 최첨단 치료까지 받았음에도 몸의 상태는 도통 나아지지 않았다. 결국 베토벤은 56세의 나이로 사망했다. 베토벤의 임종은 안젤름 휘텐브렌너[77]와 요한나 판 베토벤이 지켰다. 사후에 실시된 부검에서 간, 신장, 비장 외에도 많은 신체 기관에 손상이 보였다. 베토벤의 사망원인에 대해서는 납 중독, 파제트병[78], 브루셀라증[79], 과음 등의 설이 있다.

---

77) 안젤름 휘텐브렌너(Anselm Hüttenbrenner, 1794년 10월 13일~1868년 6월 5일)는 오스트리아의 작곡가로 베토벤이나 슈베르트와 친하게 지냈다. 베토벤 임종 후 요한나가 머리카락 한 줌을 잘라서 휘텐브렌너에게 주었다.
78) 파제트병(Paget's disease)은 뼈의 지속적인 재생과 파괴 과정이 불균형을 일으켜 뼈가 지나치게 재생되거나 파괴되는 현상을 초래한다. 이로 인해 골절, 변형, 통증 등 다양한 문제를 일으킨다. 주로 중년 이후에 발병하는 만성적인 질환이다.
79) 브루셀라증(Brucellosis)은 야생 동물이나 가축으로부터 브루셀라균이 감염되어 발생하는 인수공통전염병이다. 발열, 오한, 식욕 부진, 두통, 근육통 등의 전신 증상이 나타난다. 1년 이상 지속되는 만성 감염증의 경우 만성피로, 우울증 등이

베토벤의 시신을 운구할 사람은 음악가 중에 선발했는데 그 중에는 슈베르트[80]도 있었다. 2만 명이 넘는 사람들이 베토벤의 장례를 보기 위해 몰려들었다. 동생 요한은 베토벤이 죽기 전에 화해했지만, 군중들에게 맞아 죽을까 두려워서 나타나지 못했다. 입대를 위해 이흘라바로 떠났던 조카 카를은 삼촌의 부고 소식을 듣고 급히 빈으로 출발했지만, 베토벤의 장례식이 끝난 뒤 3일이나 지나서 빈에 도착한다. 베토벤은 전재산을 조카 카를에게 남겼다.

베토벤은 죽기 직전까지도 작품을 구상했을 만큼 음악을 사랑했다. 심지어 복수가 차오르면서 혼수상태가 되었다가도 잠시 정신이 들면 "괜찮아……. 머리에 물이 차서 작곡을 못 하는 것보단 낫지……"라고 말했다. 음악을 얼마나 사랑했으면 죽어가는 순간까지도 매달렸을까. 그 열정이 부럽다. 천재적 재능이 있다고 모두가 꿈을 이루는 것은 아니다. 재능을 찾지 못한 사람도, 재능을 낭비하는 사람도 많다. 자신의 재능을 한계치까지 끌어모

나타날 수 있다.

80) 프란츠 페터 슈베르트(Franz Peter Schubert, 1797년 1월 31일~1828년 11월 19일)는 오스트리아의 작곡가이다. 슈베르트는 베토벤을 존경하여 베토벤의 시신을 부검할 때도 옆에서 지켜보았다. 베토벤 사망 1년 뒤 원인을 알 수 없는 병으로 슈베르트도 사망했다. 슈베르트가 죽기 직전 남긴 유언에 따라 슈베르트는 베토벤의 옆에 묻혔다.

아 완전히 불태울 정도로 간절히 사랑해야 꿈을 이룰 수 있다.

어느 날 조카 제이미가 불쑥 나에게 물었다.

"이모는 어린 시절 꿈이 뭐였어요?"

"작가."

나는 한 치의 망설임도 없이 대답했다. 나는 기억하는 모든 순간 글을 읽고 쓰는 것을 좋아하는 아이였다.

"이모는 꿈을 이뤘네요. 부럽다."

제이미는 작은 한숨까지 내쉬었다. 많은 청소년이 그렇듯 제이미도 아직까지 진로를 결정하지 못했다. 역사가 좋고 과학이 싫지만, 어떤 직업을 반드시 가져야겠다는 생각이 들지 않는다고 했다. 한 마디로 꿈이 없다. 그러니 물어볼 때마다 희망 직업이 바뀐다.

"아직까지는 꿈을 이루는 중이지. 좋은 작품을 써낸 작가가 되고 싶거든."

"어쨌든 꿈이 있어서 좋겠네요."

"꼭 꿈이 있어야만 하는 건 아니야. 꿈이 간절할수록 꿈을 이루지 못하면 불행해지거든. 하고 싶은데 능력이 없어 할 수 없으면 너무 우울하고 절망적일 거야."

"그런가? 그러면 좋아하는 일을 못 찾는 것도 괜찮겠네요."

144

나는 제이미를 위로하기 위해 최선을 다했다. 긍정적이고 낙천적인 이모가 되어야 했다.

"꿈을 이루기 위해 더 노력하는 삶도 괜찮아. 삶의 목표가 생기면 더 열심히 살게 되니까. 게다가 꿈이 현실이 되면 행복할 가능성이 높아지겠지."

"하지만 꿈을 찾았는데 못 이루면 어떻게 해요?"

"괜찮아. 꼭 꿈을 이루어야만 행복한 건 아냐. 가장 하고 싶은 일이 아니라 두 번째로 하고 싶은 일을 직업으로 삼는 것도 괜찮은 선택이야. 아무리 좋아하는 일이라도 직업이 되고 일상생활이 되면 힘들고 싫어지는 법이거든. 그러니 가장 좋아하는 일은 취미로 남겨두는 것도 괜찮아."

열다섯 살의 아이와 하는 대화치고는 무거운 주제였다. 한국어에 서툰 아이라 제대로 이해했는지 의문스럽기는 하지만 제이미는 고개를 끄덕였다.

작가라면 누구나 그렇겠지만 나도 마음에 드는 흡족한 작품 하나를 쓰는 것이 꿈이다. 하지만 아직까지 그런 글을 쓰지 못했다. 아마도 천부적 재능이 없어서일 것이다. 좋아하는 것을 잘하지 못하는 건 괴롭다. 완벽한 소설을 읽으면 기분이 좋지만, 시기와 질투로 신경질이 나는 경우도 있다. 소질이 없는 내가 원망스럽다. 재능이 없는 나에게 화를 내기도 한다. 그래도 나는 글쓰기를 포기할 생각은 한 번도 하지 않았다. 때로는 꿈이 너무 간절해서, 어떻게든 꿈을 이루려 발버둥치는 내가 가여워서 슬퍼진다. 차라리 꿈 따위는 꾸지 않았으면 우울과 절망의 무게가 가벼워졌을 것이다. 하지만 한 번도 꿈을 가져본 적이 없다는 내 친구는 꿈을 꾸는 내가 너무 부럽다고 말한다.

꿈을 꾸는 것과 꿈을 꾸지 않는 것, 어떤 게 더 나은지는 아무도 알 수 없다. 꿈을 이룬 것과 꿈을 이루지 못하는 것, 어떤 게 더 행복한지는 누구도 확신할 수 없다. 그러니 괜찮다. 꿈이 없어서 그저 남들 하는 대로 따라 하다가 어영부영 평범한 회사원이 되는 것도 나쁘지 않다. 정말 충분하다. 최선을 다해 노력했다면 간절한 꿈을 이루지 못하고 평범한 회사원이 되는 것도 나쁘지 않다.

"세상에는 두 가지 불행이 있다. 하나는 꿈을 이루는 것이고, 다른 하나는 꿈을 이루지 못하는 것이다."

버나드 쇼[81]가 한 명언이다. 하지만 나는 반대다.

---

81) 조지 버나드 쇼(George Bernard Shaw, 1856년 7월 26일~1950년 11월 2일)는 아일랜드의 극작가, 평론가, 웅변가이자 정치 운동가이다.

"세상에는 두 가지 행복이 있다. 하나는 꿈을 이루는 것이고, 다른 하나는 꿈을 이루지 못하는 것이다."

괜찮다. 성적이 좋지 않아 원하는 대학에 진학하지 못해도, 운이 나빠 원하는 대기업에 취직하지 못해도, 이상형과 결혼하지 못해도, 부자가 되지 못해도, 건강하지 않아도, 괜찮다. 꿈을 이루지 못하면, 또 다른 꿈을 찾아 꿈꾸면 된다. 꿈을 이루기 위해서는 살아야만 한다. 그래서 나는 살아남았다.

정신과 대기실에서 나의 순서가 돌아오길 기다리는 동안
나는 다른 환자들을 관찰하곤 한다.
혼자 병명을 추측하며 시간을 보낸다.
대기하는 환자들이 없을 때면 진료실에서 상담하는 목소리가 들려오기도 한다.
특히 환자가 흥분하는 경우 목소리는 선명하게 들린다.
왜 그리 엉엉 우는 사람이 많은지⋯⋯.

톨스토이는 《안나 카레니나》를 쓰고 있던 시기 3명의 자녀와
자신을 키워주었던 타티아나 예르골스카야, 고모 유쉬코바를 잃었다.
죽음 앞에서 무기력한 자신을 마주한 톨스토이는 오랫동안 우울증을 앓았다.
자살할 가능성을 없애기 위해 침대 시트나 수건, 권총 등을 곁에 두지 않았다.

사람은
무엇으로 사는가

레프 니콜라예비치 톨스토이

Lev Nikolayevich Tolstoy

1828년 9월 9일 ～ 1910년 11월 7일

톨스토이는 러시아의 현실주의 작가, 사상가, 무정부주의자, 평화주의자 등 한 단어로 설명하기 힘든 인물이다. 《전쟁과 평화》, 《안나 카레니나》, 《부활》 등의 작품으로 유명하지만, 인생 후반기에는 사상가로서의 활동에 더 치중했다. 톨스토이는 러시아 여론 조사에서 역사상 가장 위대한 러시아 작가로 뽑혔다. 영어권 작가 125명을 대상으로 한 설문조사에서는 가장 위대한 작가로, 《안나 카레니나》는 최고의 문학 작품으로 선정되었다.[82] 톨스토이도 《전쟁과 평화》보다는 《안나 카레니나》를 좋아했다고 한다.

톨스토이의 아버지 니콜라이 일리치 톨스토이(Nikolay Ilyich Tolstoy)는 백작이었으나 가난했다. 그래서 먼 친척이자 연인이었던 타티야나 예르골스카야와 헤어지고 부유한 집안의 딸인 마리야 볼콘스카야(Maria Nikolaevna Volkonskaya)와 결혼했다. 톨스토이는 어머니가 혼수로 가져온 영지인 야스나야 폴랴나[83]에서 태어

---

82) 2위 윌리엄 셰익스피어, 3위 제임스 조이스, 4위 블라디미르 나보코프, 5위 표도르 도스토옙스키, 6위 윌리엄 포크너, 7위 찰스 디킨스, 8위 안톤 체호프, 9위 귀스타브 플로베르, 10위 제인 오스틴이었다.
83) '야스나야 폴랴나'는 '밝은 숲의 빈터'라는 뜻이다. 모스크바에서 남쪽으로 200km 정도 떨어져 있는 툴라시의 근교에 있다. 외조부 니콜라이 볼콘스키 공작의 영지였으나 외동딸인 톨스토이의 어머니 마리야 볼콘스카야가 혼수로 가져

났다. 톨스토이가 2살이 되던 해 어머니는 막내 여동생 마리야를 낳고 사망했다. 아버지는 자녀들을 옛 연인이었던 타티야나 예르골스카야에게 맡긴다. 톨스토이의 아버지는 예르골스카야에게 청혼했지만 거절당했다. 예르골스카야에게는 아이들의 어머니 노릇이 훨씬 더 중요했다. 예르골스카야는 아이들을 진심으로 사랑해 주었지만 톨스토이는 어머니의 빈 자리를 느끼곤 했다.

9살에 아버지가 사망하고 난 뒤, 톨스토이는 아버지의 유품인 편지를 정리하다가 아버지와 예르골스카야의 관계를 알게 된다. 하지만 톨스토이는 여전히 예르골스카야를 잘 따랐다. 형제자매들은 부모 없이 서로를 의지하면서 자랐기에 우애가 좋았다.

당시 귀족들은 정부 관리나 군인 중 하나를 선택했고, 톨스토이의 형제들도 마찬가지였다. 톨스토이도 외교관이 되기 위해 카잔대학교 동양어 학과에 입학했다. 아랍어와 터키어를 배웠는데 낙제하자 좀 더 졸업이 쉬운 법학과로 전과하였다. 하지만 학

와 톨스토이에게 물려주었다. 러시아는 부모의 재산을 장남에게 주지 않고 막내 아들에게 준다. 제2차 세계대전 때 독일군은 저택을 야전병원으로 사용했고, 톨스토이의 원고들을 땔감 대신 태웠다. 또한 톨스토이 묘지 바로 옆에 전사한 독일군 병사들을 묻었다. 야스나야 폴랴나는 현재 톨스토이 박물관으로 사용되고 있다.

업에 열의가 없고 수업 시간에도 자기 관심 분야의 책만 읽다 지적받기 일쑤였다. 결국 톨스토이는 수업 태도 불량으로 또 유급되었다. 그러자 톨스토이는 화가 나서 자퇴한다. 그래도 대학 시절 톨스토이는 10개 외국어를 익혔다. 덕분에 전 세계에서 오는 팬레터에 그 언어로 답장을 해줄 수 있었다.

야스나야 폴랴나로 돌아온 톨스토이는 좋은 지주가 되려고 노력했다. 하지만 농노들의 반응은 싸늘했다. 톨스토이가 제공하려는 교육과 의료를 농노들은 거부한다.[84] 그래서 톨스토이는 다시 도시로 나오게 된다. 페테르부르크대학교에서 학사 검정고시로 학위를 받은 뒤에는 모스크바와 상트페테르부르크 사교계에서 방탕하게 놀았다. 당시 도박으로 엄청난 빚까지 져서 야스나야 폴랴나의 일부를 팔기도 한다. 젊은 시절의 톨스토이는 모순되게도 이상주의자인 동시에 쾌락주의자였다.

톨스토이는 결국 자진해서 입대했다. 맏형 니콜라이가 복무하던 캅카스 전선에서 복무하면서, 톨스토이는 소수민족인 체첸인이 농노 없이 생활하는 것에 깊은 인상을 받는다.[85] 전역을 하

---

84) 4년간의 농촌 생활은 〈지주의 아침〉에 자세히 그려져 있다.
85) 당시의 일을 바탕으로 《유년 시대》, 《소년 시대》, 《청년 시대》 3부작을 썼다. 톨스토이는 익명으로 《유년 시대》를 시인 니콜라이 네크라소프가 편집장인 유명

려고 했지만 크림전쟁이 발발해 어쩔 수 없이 참전해야만 했다. 톨스토이는 세바스토폴 전투에서 세운 공을 인정받아 성 게오르기 훈장을 받고, 중위로 진급한다.[86] 비참하고 참혹한 참전 경험은 톨스토이를 평화주의자로 만들었다. 전쟁 경험을 바탕으로 쓴 반자전적 소설들이 인기를 끌면서 톨스토이는 신진 작가로 부상한다.

톨스토이는 제대하고 유럽을 여행한 뒤 고향 야스나야 폴랴나로 다시 돌아왔다. 하지만 방탕한 생활은 계속된다. 톨스토이는 하녀 악시냐 바지키나와의 사이에 아들까지 낳았다. 당시 악시냐 바지키나는 영지 농노의 아내였다. 톨스토이는 단편소설 〈악마〉에서 악시냐 바지키나가 악마라서 자신은 유혹당할 수밖에 없었다는 변명을 한다. 말년에 톨스토이는 금욕주의자가 되었는데 '여성은 필요악'이라고 일기에 적기도 했다.

34살이 된 톨스토이는 형 니콜라이의 죽음을 겪으며 정상적인 결혼생활을 하겠다고 결심하고, 18살의 소피야 베르스[87]와 결혼

잡지 〈현대인〉에 기고하였다.
86) 이 전투 경험을 바탕으로 〈세바스토폴 이야기〉를 썼다.
87) 소피야 안드레예브나 베르스(Sophia Andreyevna Bers, 1844년 8월 22일~1919년 11월 4일)는 톨스토이의 친구이자 모스크바에서 유명한 내과 의사의 딸이었다. 소피

한다. 첫날밤, 톨스토이는 부부 사이에는 비밀이 없어야 한다면서 자신의 일기를 전부 소피야에게 공개했다. 일기에는 톨스토이의 방탕하고 난잡한 사생활이 자세하게 기록되어 있었다. 당연히 소피야는 일기를 읽고 눈물을 쏟았다.

"내가 먼저 나서서 스스로 여자를 만들지는 않겠소. 또한 피할 수 없는 아주 드문 경우를 제외하고는 앞으로 우리 영지에 여자를 들이지 않겠소."

톨스토이는 달콤한 약속을 하며 소피야를 달랜다. 그 약속을 믿고 소피야는 톨스토이와 함께 야스나야 폴랴나로 향했다.

하지만 소피야는 야스나야 폴랴나의 끔찍한 상황을 보고 경악했다. 저택의 살림살이는 엉망진창이었다. 침대에는 이불조차 없었고, 식기는 모두 오래되어 닳아 있었다. 게다가 악시냐는 여전히 저택에서 하녀로 일하고 있었으며, 서자인 티모페이는 마당에서 뛰어놀고 있었다. 소피야는 결혼 뒤에도 톨스토이와 악시냐와의 관계를 의심했고, 일기에서 악시냐를 '비곗덩어리'라고

야의 언니가 톨스토이를 짝사랑했고 소피야도 다른 남자와 약혼을 하려 했지만, 톨스토이는 기어이 소피야를 유혹했다. 모스크바 성모마리아 탄생교회에서 저녁 8시에 결혼식이 예정되어 있었으나 톨스토이는 1시간이나 지각한다. 결혼을 반대했던 소피야의 부모는 결혼식과 피로연에도 참석하지 않았다. 소피야는 소설을 쓸 정도로 문학에 관심이 많았지만 일기 외에는 공개되지 않았다.

칭할 정도로 미워했다. 소피야의 일기 중에는 '나는 언젠가는 질투 때문에 자살하고 말 거다'라는 내용까지 있었다.

하지만 소피야는 결혼생활에 최선을 다한다. 소피야는 톨스토이가 글쓰기에만 전념할 수 있도록 영지를 돌보고, 안락한 가정을 꾸미는 데 온 힘을 쏟아부었다.

결혼 초기에 톨스토이는 소피야를 모델로 한 인물을 소설에 등장시킬 만큼 소피야를 좋아했다. 《안나 카레니나》의 주인공 안나가 소피야를 모델로 한 인물로 알려져 있다. 두 사람은 13명의 자녀를 낳았으나 그 중 5명이 어린 시절에 죽었다. 톨스토이는 막내딸인 알렉산드라를 56세, 막내아들인 이반은 60세에 얻었다. 현재 톨스토이의 자손은 400명이 넘는다.

결혼하고 생활이 안정되자 톨스토이의 창작열은 불타올랐다. 소피야는 톨스토이의 비서이자 출판대리인이자 재무관리자였다. 소피야는 《전쟁과 평화》 전체를 일곱 번이나 필사할 정도로 정서하는 데도 온 힘을 다했다. 어떤 부분은 26번이나 필사를 했다. 소피야가 없었더라면 톨스토이의 작품이 러시아를 넘어서 전 세계에 알려지지는 못했을 것이다.

"당시에는 나의 지성이나 도덕성을 의심하지 않았다. 나는 아주 자유롭게 일에만 전념할 수 있었다."

톨스토이도 소피야의 공로를 인정했다. 《전쟁과 평화》[88]와 《안
나 카레니나》[89]를 출간하면서 톨스토이의 작가로서의 위상은 최
고로 높아졌다. 당시 톨스토이는 돈, 명예, 사랑, 권력 등 모든
것을 손에 쥐고 있었다.

하지만 톨스토이는 허무해서 견딜 수 없었다. 톨스토이는 《안
나 카레니나》를 쓰고 있던 시기 3명의 자녀와 자신을 키워주었
던 타티아나 예르골스카야, 고모 유쉬코바를 잃었다. 갑자기 인
생이 덧없었다. 처음에는 사랑하는 이들의 잇따른 죽음에 분노
가 치밀고 좌절했다. 사랑하는 이들의 죽음에 아무것도 할 수 없
어 절망했다. 죽음은 인간의 노력이나 의지로 극복되지 않는다.
죽음 앞에서 무기력한 자신을 마주한 톨스토이는 오랫동안 우울
증을 앓았다. 상태가 어찌나 심각했던지 자살할 가능성을 없애

---

88) 《전쟁과 평화》는 나폴레옹의 러시아 원정을 소재로 한 역사 소설이다. 나폴
레옹 같은 특별한 사람이 실은 역사에 큰 영향을 주지 못한다는 내용이다. 역사
적 사실과 허구가 적절히 섞여 있다.
89) 《안나 카레니나》는 안나와 알렉세이 브론스키의 불륜을 중심으로 오블론스
키, 카레닌, 레빈의 가정을 묘사한다. 톨스토이는 소설을 통해 귀족들의 위선,
종교적 신념, 도덕, 철학 등을 고찰한다. '모든 행복한 가정들은 서로 닮아 있다.
하지만 불행한 가정은 제각기 다른 이유로 불행하다.'라는 첫 문장이 유명하다.

기 위해 침대 시트나 수건, 권총 등을 곁에 두지 않았다. 톨스토이는 인생의 의미가 무엇인지 알 수 없어 절망하고 괴로워했다.

허무감은 모든 것이 무가치하고 무의미하다고 느끼는 것이다. 가까운 이의 죽음을 대하고 슬픔을 극복하는 과정에서 생기기도 한다. 허무감은 우울증을 비롯한 정신장애를 유발한다. 정신과 의사는 나의 모든 사고가 허무주의로 귀결된다며 우려를 표했다. 하지만 당시 나는 허무주의에 빠져 니체[90]의 작품을 차례로 읽는 중이었다. 니체는 모든 개인은 자신의 목숨을 끊을 수 있는 도덕적 권리가 있다고 주장했다. 또한 자유로운 죽음이란 자발적 죽음이라고 주장했다.

허무주의(nihilism)는 라틴어의 '무(無)'를 의미하는 '니힐(nihil)'에서 유래하였으며 러시아의 작가 투르게네프[91]가 소설 《아버지와 아들》에서 최초로 사용했다. 허무주의는 고대 그리스 소피스트[92]들에게서 이미 발견되는 사상이었으나, 니체가 독립된 사상

---

90) 니체(Friedrich Wilhelm Nietzsche, 1844년 10월 15일~1900년 8월 25일)는 독일 출신의 철학자이다. 현대 철학뿐만 아니라 문화예술에도 많은 영향을 미쳤다.

91) 이반 세르게예비치 투르게네프(Ivan Sergeyevich Turgenev, 1818년 11월 9일~1883년 9월 3일)는 러시아의 소설가이다.

92) 소피스트(sophist)의 원래 의미는 '현자(賢者)' 혹은 '지식을 가르치는 사람'이다. 하지만 플라톤이나 아리스토텔레스는 소피스트의 사상을 '궤변'이라고 비판했

으로 발전시켰다. 허무주의는 절대적인 진리를 비롯한 기존의 모든 제도나 가치, 권위가 존재하지 않는다고 주장한다. 당연히 신이나 구원 같은 절대적 가치를 부정하고, 인생의 목표나 세상과 인간 행동의 의미 등을 인정하지 않는다. 니체에 의하면 신은 죽었다.[93] 허무주의는 무신론, 무정부주의, 회의주의, 상대주의 등의 형태로 표현된다.

모든 삶은 죽음으로 끝난다. 그런데 왜 삶의 고통을 견뎌야만 하는지 이유를 알 수 없다. 굳이 살아야 할 필요도 느끼지 못했다. 나 따위 하찮은 존재는 사라져도 별 문제되지 않는다. 내가 없어도 세상은 잘만 돌아간다. 인류를 위해 대단한 업적을 남길 능력도 없고, 위대한 희생이나 봉사를 할 성격도 아니었다. 그러니 합리적으로 죽음이 좀 더 나은 선택이 아닐까 생각했다. 생명은 존엄하다고 매일 되뇌었지만 아무 소용없었다.

당시 나는 외국인에게도 존엄사를 할 수 있게 도와주는 비영리 단체인 스위스의 디그니타스(Dignitas)에 가입할까 고민했다.

다. 소피스트인 고르기아스의 사상에서 허무주의를 찾아볼 수 있다.
93) 니체는 《즐거운 학문》에서 신은 죽었다고 주장한다.
"신은 죽었다. 신은 죽어 있다. 그리고 우리가 그를 죽였다. 살인자 중의 살인자인 우리는, 어떻게 안식을 얻을 것인가?"

디그니타스는 '존엄성'이란 뜻의 라틴어이다. 디그니타스의 가입 조건은 까다롭지 않았다. 홈페이지에서 가입 신청서를 다운받아 작성하고 메일로 보내면 심사 뒤 승인 여부를 결정한다. 승인이 되면 디그니타스의 계좌로 가입비 200프랑과 연회비 80프랑을 납부한다. 주치의 소견서와 진료 기록, 자신의 삶과 생을 마감하고 싶은 이유에 대해 자세히 적은 서류 등을 우편으로 보내면 디그니타스에서 논의를 한 뒤 환자에게 연락을 준다. 그러면 존엄사 날짜를 정하면 된다. 절차에는 석 달 정도의 시간이 소요된다.

날짜에 맞춰 스위스행 비행기표와 근처 호텔을 예약한다. 디그니타스에서는 반드시 가족이나 친구 등을 동반하라고 권장한다. 존엄사 비용은 선불이다. 약 7,500프랑을 현금으로 지불해야 한다. 그리고 마지막으로 디그니타스 협력 의사가 준비한 약물인 펜토바르비탈을 '스스로' 복용하면 된다. 사망까지는 15분 정도가 걸린다. 스위스의 화장장 이용료는 무료지만 비행기표와 숙박비 등의 기타 비용까지 계산하면 존엄사를 하는 데는 약 14,000프랑(2,200만 원)이 필요하다.[94]

자본주의 사회에서는 안락한 죽음마저도 판매된다. 존엄사를

---

94) 2024년 환율 기준으로 1프랑은 1,575원 정도이다.

시행해주는 단체는 점점 증가하는 추세다. 당연하다. 존엄사는 초저비용 투자로 초고이익을 보장하는 블루오션 사업이니까 말이다. 라이프서클·엑시트인터내셔널·페가소스 등 스위스의 다른 존엄사 단체도 비슷한 절차로 존엄사를 진행한다. 우리나라는 아직까지 존엄사를 인정하지 않기 때문에 스위스의 조력사망 단체에 가입하는 경우가 증가하고 있다. 특히 디그니타스 한국 가입자 수는 아시아 국가 중 가장 많다. 다른 나라와 달리 스위스는 난치병이나 불치병 환자가 아니라도 존엄사를 시행할 수 있다. 그래서 유럽 각지에서 존엄사를 위해 스위스로 모여든다. 스위스인이 행복한 이유는 언제든 자살할 수 있다는 걸 알기 때문이라는 주장도 있다.

점점 존엄사의 허용범위가 넓어지고는 있지만 우울증 환자는 존엄사 승인이 나지 않는 경우가 많다. 그래서 나는 멕시코로 눈을 돌렸다. 멕시코의 개인병원 의사는 불면증이라는 단 한 마디에 넴뷰탈이나 세코날을 처방해준다. 넴뷰탈은 펜토바르비탈나트륨 성분, 세코날은 세코바르비탈 성분의 약품명으로 모두 존엄사를 위해 사용된다. 현금 30달러만 내면 치사량의 넴뷰탈이나 세코날을 손에 넣을 수 있다. 그래서 합법적인 존엄사 단체에서 거절을 당하거나 오랜 시간을 기다리기 힘든 사람들은 멕시코로 향한다.

굳이 멕시코에 가지 않아도 커피포트만 있으면 손쉽게 넴뷰탈을 만들어낼 수 있다. 안락사 합법화를 주장해온 호주의 필립 니츠케 박사는 가정에서도 넴뷰탈을 제조하는 방법을 영상으로 찍어 공개했다. 하지만 현재 이 영상은 삭제된 상태이다.

아주 오랜 갈등과 방황 뒤에, 결국 나는 안락한 죽음 대신 고통스러운 삶을 선택했다. 삶의 의미나 이유 따위는 모르겠다. 굳이 삶이 꼭 대단한 의미를 지니고 있어야만 하는 건가? 위대한 업적을 남기는 삶은 더 가치로운가? 아니다. 삶은 그 자체로 의미를 지닌다. 그러니 아파도 슬퍼도 외로워도 끈질기게 살아남아야 한다. 하찮고 보잘것없는 삶이라도 괜찮다. 당신은 살아남았다는 사실만으로도 충분히 위대하다. 그러니 살아내라.

톨스토이는 수많은 철학과 과학 서적을 탐독했지만, 철학과 과학에서는 삶과 죽음의 의미를 찾을 수 없었다. 실망한 톨스토이는 예술을 포기하겠다고 선언한다. 하지만 어느 날 저녁, 일을 끝내고 모여 찬송가를 부르고 감사기도를 하는 농노 가족을 보게 된다. 그 순간 톨스토이는 종교에서 인생의 의미를 찾아야겠다는 생각을 하게 된다. 이 시기를 '회심'이라고 한다. 회심 이후 톨스토이는 복음서 연구를 비롯해 자신의 사상과 신념을 전파하기 위한 글을 많이 썼다.

"예술로 생계를 이어가고자 하는 것은 인간이 선택한 가장 나쁘고 가장 해로운 방법 중 하나다. (중략) 현대 예술은 창녀와 마찬가지로 항상 화장을 하고 언제든지 매매할 수 있으며, 창녀처럼 사람을 유혹하고 파멸시키며 언제든지 손님을 맞을 준비를 하고 있다."

톨스토이는 《전쟁과 평화》와 《안나 카레니나》를 비롯해 회심하기 전에 쓴 모든 작품을 부정했다. 《예술이란 무엇인가》에서 톨스토이는 이전에 쓴 자신의 모든 작품이 농노가 이해하지 못하는 '귀족의 예술'이라고 비난했다. 손자가 《안나 카레니나》를 읽고 있는 걸 보고 "그런 쓸모없는 책 말고 유익한 책을 읽어라"라고 말하기도 했다. 톨스토이는 진정한 예술은 사람들의 윤리적인 교화를 도와야 하며 무지한 사람도 이해할 수 있을 정도로 쉬워야 한다고 주장했다.

톨스토이는 《참회록》에서 자신이 지은 죄를 숨김없이 고백했다. 《크로이체르 소나타》에서는 방탕했던 과거를 반성하며 성욕에서 해방되어야만 한다는 금욕주의를 설파하였다. 또한 톨스토이는 귀족이 아닌 무지한 농노들에게 교리를 가르치기 위해 민담 형식의 글을 쓰기 시작한다. 《바보 이반》, 《사람은 무엇으로 사는가》, 《사람에게는 얼마만큼의 땅이 필요한가》, 《사랑이 있는 곳에 신이 있다》 등의 작품이 그것이다.

　톨스토이는 박해 받는 종교 분파인 두호보르파[95]를 돕기 위해 자금을 모으려고 장편소설 《부활》[96]을 연재하기 시작했다. 톨스토이는 《부활》의 인세로 2,000여 명이나 되는 두호보르파의 캐나다 이주 비용을 지원했다.

　톨스토이도 처음에는 러시아 정교회에 몰두하였다. 하지만 신학을 연구하면서 당시의 교회에 회의를 느낀다. 결국 톨스토이는 '교회'라는 조직을 거부한다. 또한 톨스토이는 구약성서나 신약성서의 일부분을 거부하고 자신만의 《성경》을 만들어 전파하려 노력한다. 《하느님의 나라는 당신 안에 있다》라는 수필에서는 비폭력주의를 강조하였고, 《지옥의 패망과 부흥》에서는 교회

---

95) 두호보르파[Dukhobors(духоборы)]는 '영혼을 위해 싸우는 자'라는 뜻으로 러시아 정교회의 분리파 중 하나이다. 기독교 평화주의에 근거한 양심적 병역거부, 국가와 법률 부정 등의 교리 때문에 탄압을 받았다. 카자흐 군인들에게 천여 명의 신도가 학살당했는데도 끝까지 개종을 거부했다. 정부는 국외 추방을 명했고, 일부는 톨스토이의 도움을 받아 캐나다로 이주를 했다.

96) 《부활》은 귀족인 드미트리 네클루도프로와 창녀 카추사 마슬로바가 재판에서 만나면서 시작된다. 네클루도프로는 과거 자신이 카추사 마슬로바를 유혹했기 때문에 그녀가 결국 범죄자가 되었다고 생각해 반성하고 회개한다. 톨스토이의 반자전적인 소설이다. 톨스토이도 숙모 집의 마샤라는 순진한 하녀를 유혹해 타락하게 만들었다고 고백했다.

를 악마의 발명품이라고 주장하였고, 《부활》에서는 성체성사[97]
를 마술이라고 조롱하였다.

결국 톨스토이는 러시아 정교회에서 '파문'당했다. 최고 제재
인 '저주'와 달리 '파문'은 회개하면 돌아올 수 있었다. 고위 성직
자들은 톨스토이의 아내 소피야에게 남편을 설득하라는 편지를
보냈지만, 톨스토이의 고집을 꺾을 수는 없었다.

우울증을 앓게 되면 혼자가 된다. 대인기피가 생겨 스스로를
고립시키는 경우도 있고, 주위 사람들이 떠나가기도 한다. 정신
과 대기실에서 나의 순서가 돌아오길 기다리는 동안 나는 다른
환자들을 관찰하곤 한다. 저 사람은 우울증일 거야, 저 사람은
불면증일 거야, 저 사람은 치매일 거야, 혼자 병명을 추측하며
시간을 보낸다. 대기하는 환자들이 없을 때면 진료실에서 상담
하는 목소리가 들려오기도 한다. 특히 환자가 흥분하는 경우 목
소리는 선명하게 들린다. 왜 그리 엉엉 우는 사람이 많은지…….
우울증 환자의 하소연을 들어주어야 하는 정신과 의사가 불쌍해

---

97) 성체성사(Sacrament of Eucharist)는 예수의 최후의 만찬이라는 역사적인 사건이
현재에 이루어지는 것으로 '예수께서 신자들과 함께함'을 뜻한다. 사제가 최후의
만찬 때 하신 예수님의 말씀인 "이것은 나의 몸과 피다."를 그대로 반복함으로써
빵과 포도주가 예수님의 몸과 피로 축성되어 성체성사가 이루어진다.

질 정도이다.

　언제나 불안과 절망을 털어놓는 사람을 좋아하기는 힘들다. 좋아한다고 해도 가까이할 수는 없다. 감정도 전염이 된다. 우울증 환자의 끝없는 하소연을 들어주고 있다 보면 자신도 우울증에 걸릴 것만 같다. 그러니 가족이나 친구들이 떠나는 것도 당연하다. 그렇게 우울증 환자는 사회적으로 고립되기 마련이다.

　불안과 절망은 어떤 방식으로라도 외부로 분출해야만 한다. 가장 쉬운 방법이 누군가에게 털어놓는 것이다. 하지만 점점 주위의 사람이 떠나가면 털어놓을 수도 없다. 내가 어떤 하소연을 하더라도 들어줄 수 있는 사람은 돈을 받고 치료하는 의사밖에 없다. 단지 10분의 상담 시간만으로는 당연히 부족하다. 그럴 때 '신'을 찾게 된다.

　'신'은 우울증 환자에게 꽤 도움이 되는 존재이다. 지치지 않고 하소연을 들어주고, 그 어떤 이야기를 해도 다른 누군가에게 전달하지 않는다. 자살은 죄악시해서 금지하고, 죽어서든 살아서든 언젠가는 삶이 나아질 거라는 희망을 준다. 절대적인 힘을 가지고 항상 나와 함께해주니 생각만으로도 든든하다.

　나는 특별한 종교를 믿지 않는다. 성당, 교회, 절 등을 다녔지만 내게 계시를 주는 존재도 없었고, 특별한 믿음이 생겨나지도 않았다. 워낙 냉소적이고 의심이 많은 성격이라서일 수도 있다.

눈에 보이지도 않고 느껴지지도 않는 존재를 믿기는 힘들었다. 게다가 있는지 없는지 불확실한 존재를 믿으라니, 어림도 없는 소리다.

나는 신의 존재에 대해 아직도 완전무결한 믿음을 가지지는 못했다. 신이 존재하기를 바라지만 존재한다는 확신은 없다.

신은 대체로 나의 분노와 원망의 대상이었다. 신이 있다면 왜 부당하고 불합리한 현실을 그냥 내버려 두나? 참혹한 전쟁, 비참한 기아, 끔찍한 테러……. 권선징악까지는 바라지 않는다. 최소한 악이 승리하고 지배하는 상황은 막아주어야 하는 거 아닐까? 도대체 내가 무슨 죄를 지었기에 이런 시련과 역경을 몰아주는 건가?

신은 견딜 수 있을 만큼의 고통만 준다고 했던가? 어이없다. 그러면 자살하는 사람은 왜 생기는가? 신이 절망과 고통을 통해 인간을 성장하게 한다고? 성장의 방법이 그렇게 부정적인 것뿐인가? 우리 인간은 체벌하지 않고도 아이들을 성장시킨다. 그런데 전지전능한 신은 왜 부조리를 통해 인간을 괴롭히는가? 죽어서 천국과 지옥으로 나뉘게 된다고? 결국은 내세에 권선징악이 이루어진다고? 왜 꼭 죽어서야 권선징악이 이루어져야 하는가? 현실에서 권선징악이 이루어진다면 훨씬 더 아름다운 세상이 될 텐데 말이다. 구원을 받으려면 신을 믿어야 한다고? 단지 자신을 믿지 않는다는 이유로 선한 인간을 지옥에 떠밀어 넣는 게 옳은 건가? 자신을 믿는다는 이유로 악한 인간을 구원하는 건 옳은 건가?

신은 내 질문에 아무 대답도 하지 않았다. 어느 순간 깨달았다. 신이 원하는 건 어쩌면 혼돈과 절망으로 가득 찬 세상일지도 모른다. 시비가 엇갈리고 선악이 뒤엉킨 혼란을 만든 존재가 바로 신이었다. 삶을 끊임없이 고통으로 가득 차게 만든 존재도 역시 신이었다. 신이 왜 그러는지 이유를 알 수는 없다. 나 같은 하찮은 인간이 이해하기엔 너무 어려운 문제다.

수많은 의심과 의문에도 불구하고 나는 유신론자이다. 그렇게 믿지 않으면 살 수 없다. 나는 여전히 나의 고통을 쏟아낼 누군가가 필요하고, 나의 분노를 감당할 누군가가 필요하니까. 힘들고 어려운 순간을 함께 해주는 존재는 신뿐이다. 그래서 우울증에 걸리면 모두 신을 찾아 울부짖고 신앙심이 깊어지기 마련이다. 모태신앙을 가진 사람들은 평소에는 종교에 무관심하다가도 어렵고 힘든 상황이 되면 다시 교회나 성당에 나가는 경우가 많다.

대부분 종교는 자살을 죄악시하고 있다. 자살은 기독교 사회가 형성되자마자 공식적으로 금지되었다. 452년에 열린 아를 공의회에서는 자살을 범죄로 선언하였고 자살은 오직 악마가 부추긴 분노 때문에만 일어날 수 있다고 규정하였다. 563년에 열린 프라하 공의회에서는 자살자는 추도 미사로 추모할 수 없으며 매장할 때도 성가를 불러주어서는 안 된다고 규정하였다.

기독교의 영향을 받는 지역에서는 자살에 대한 처벌 조항을 쉽게 찾아볼 수 있다. 세인트루이스의 법전은 자살자의 시신이라도 살인 사건에 준해 당국의 재판을 받아야 하며 자살자의 재산은 영주에게 돌아가도록 규정했다. 보르도에서는 자살자의 시신을 거꾸로 매달았으며, 아베비유에서는 시신을 허들[98]에 담아 거리로 끌고 다녔고, 릴에서는 남자의 시신은 교차로에 매달고 여자의 시신은 불태웠다. 현재는 위헌 결정이 내려졌지만, 독일에서는 사망을 돕거나 자살을 방조한 자를 3년 징역형으로 처벌했었고, 뉴욕의 형법은 자살 기도를 한 사람을 최고 2년의 징역이나 200달러의 벌금형으로 처벌했었다. 그래서 종교를 가지고 있는 사람은 쉽게 자살하지 못한다. 여러모로 종교는 우울증 환자에게 유익하다.

종교에서 삶의 의미를 찾고, 고통을 위로받을 수 있다. 하지만 삶을 종교로만 채워서는 안 된다. 사이비종교 신자나 광신도가 되는 것은 경계해야 한다. 가지고 있는 모든 것을 바치길 원하는 신

---

98) 죄수를 형장으로 운반할 때 쓴 썰매 모양의 운반구이다.

은 없다. 또한 교리를 내세우며 악하거나 옳지 않은 일을 해서도 안 된다. 호전적이고 급진적인 신자들이 벌이는 범죄는 정말 끔찍하다. 그들은 신이 원하기에 폭탄을 짊어지고 자살테러를 하고, 신이 원하기에 특정 인종을 몰살시킨다고 변명한다. 서로를 파괴하라는 명령을 내리는 신은 없다. 있다 해도 믿어서는 안 된다.

여러 의문과 의심에도 불구하고, 내가 상상하는 신은 절대적으로 옳고 바르며 선하다. 그리고 무한한 자비와 관용을 베풀어주는 존재이다. 신은 이기적인 악행을 저지르지 않도록 나를 통제해주는 윤리적 기준이다. 또한 나 자신조차 나를 용서할 수 없는 악행을 저질렀을 때도 나를 용서해주는 존재이다. 신이 있기에 우리는 살아남을 수 있고, 선은 사라지지 않는다. 우울증을 앓든 아니든 신의 존재는 어쨌든 삶에 도움이 된다. 그러니 어떻게든 종교를 가지는 것이 좋다. 도저히 특정 종교를 믿을 수 없어도 신의 존재는 믿어야 한다.

블레즈 파스칼[99]은 신을 믿는 것이 합리적인 행동이라고 주장했다. 신을 믿을 경우 비용은 낮지만, 신을 믿지 않았는데 알고 보니 신이 존재할 경우에는 지옥에 가게 되니까 말이다. 그러니

---

99) 블레즈 파스칼(Blaise Pascal, 1623년 6월 19일~1662년 8월 19일)은 프랑스의 심리학자, 수학자, 과학자, 신학자, 발명가, 작가, 철학자다. 주요 저서는 '인간은 생각하는 갈대'라는 문구로 유명한 《팡세》가 있다.

까 반드시 신을 믿어라.

  톨스토이는 지주가 농노와 부를 나누어 가져야 하며, 농노와
귀족이 평등하게 교육받아야 한다고 생각했다. 실천하는 지식인
이 되고 싶었던 톨스토이는 자신의 저택 일부를 농노의 자녀들
을 위한 학교로 만들었다. 처음에는 불신으로 가득했던 농노들
도 톨스토이의 진심을 알고 나서는 아이들을 학교에 보내기 시
작했다. 아이들은 자유로운 수업 환경에서 교육받았다. 톨스토
이의 농민학교 운동은 러시아 전역으로 퍼져 한때 학교가 2백
개가 넘기도 했다. 하지만 대부분의 학교가 귀족들의 반발로 폐
교되었다.
  정작 톨스토이는 자신의 서자 티모페이를 인정하지도 않았고
교육도 시키지 않았다. 티모페이는 톨스토이의 집에서 하인으로
일하다가 나중에는 톨스토이 둘째 아들의 마부가 되어 평생을 살
았다고 한다. 톨스토이 인생은 이렇게 양면성을 드러내는 일화
로 가득하다. 지독한 여성 혐오주의자면서 《안나 카레니나》를 쓴
것만 봐도 톨스토이의 이중성이 드러난다. 톨스토이는 가난과
무소유를 찬양하고 러시아 귀족들을 비판하면서도 사치스러운
봉건지주 신분을 포기하지 못했다. 또한 제국주의를 비판하고
무정부주의를 주장하면서도 황제인 알렉산드르 2세, 알렉산드르

170

3세, 니콜라이 2세와 서신을 주고받을 정도로 친하게 지냈다.

러시아 귀족들의 압력으로 《참회록》과 《그렇다면 우리는 무엇을 할 것인가》는 출판 금지를 당했다. 하지만 사람들은 필사본이나 등사본으로 책을 만들거나 유럽에서 들여와서 몰래 읽었다.

톨스토이가 살았던 시대는 유럽에서 일어난 시민혁명이 전 세계로 번져나갈 때였다. 톨스토이는 여러 압력에 굴하지 않고 정치개혁, 종교개혁, 사회개혁을 논했다. 빈민구제 운동을 하고 신분 해방을 외쳤다. 이런 톨스토이의 사상은 농노를 비롯한 민중들에게 절대적인 지지를 받았다. 당시 톨스토이의 위상은 하늘을 찔렀다.

"러시아에는 두 명의 황제가 있다. 니콜라이 2세와 레프 톨스토이다. 둘 중에 누가 더 힘이 센가. 니콜라이 2세는 톨스토이의 왕관을 건드리지 못한다. 그러나 톨스토이는 니콜라이의 왕관과 왕조를 확실히 흔들고 있다. (중략) 톨스토이를 건드리려고 시도해보라. 전 세계가 소리칠 것이고, 결국 러시아 정부는 도망쳐야 할 것이다."

1901년 5월 프랑스의 유명 일간지에 실린 편집장 알렉산드르

수버린의 사설이다. 톨스토이는 거대하게 니콜라이 2세는 왜소하게 그린 풍자화도 함께 실렸다.

당시 톨스토이는 절대적 존재였다. 러시아 종교철학자 드미트리 메레시콥스키가 톨스토이에 대한 어떠한 비판도 용납하지 못하는 현상을 '두 번째 검열'이라고 비판할 정도였다. 귀족들은 투서와 가짜 뉴스로 톨스토이의 위상에 흠집을 내려고 했지만, 모두 익명이었다. 실명으로 톨스토이를 비난했다가는 성난 민중들에게 맞아 죽을 수도 있었다.

톨스토이는 자신의 신념을 지키기 위해 금주·금연하고 채식주의자가 되었다. 그리고 마침내 스스로 사유재산과 영지를 포기하고 농노처럼 일하기로 결심했다. 톨스토이는 농노에게 농지를 나눠주고 해방시켜 자유인으로 살아가게 하겠다고 선언했다. 또한 작품으로 벌어들이는 인세도 모두 타인을 위해 쓰겠다고 추종자들 앞에서 약속한다. 블라디미르 체르트코프를 비롯한 톨스토이의 추종자들은 적극적으로 지지했다. 하지만 부인 소피야를 비롯한 가족들은 당연히 반대한다. 소피야는 톨스토이가 위선자라고 생각했다. 막내딸이자 비서였던 알렉산드라[100]만 톨스

---

100) 알렉산드라(Aleksandra Lvovna Tolstaya, 1884년~1979년)는 톨스토이 유산의 관리

토이의 의견에 찬성했다.

소피야와 톨스토이는 매일 싸웠다. 어찌나 갈등이 심했는지 톨스토이는 결혼제도에 회의를 느껴 딸들의 결혼을 끝까지 반대했다. 당시 소피야와 톨스토이의 일기는 서로에 대한 비난으로 가득했다. 소피야는 우울증으로 몇 번이나 자살 시도를 하고, 톨스토이도 우울증으로 방황하기 시작한다. 결국 톨스토이는 1881년 이전에 쓴 모든 소설의 저작권을 소피야에게 양도했다. 하지만 소피야는 그것으로 만족하지 못했다. 직접 출판사를 차려 톨스토이 작품을 독점하려고 하는가 하면, 톨스토이가 비밀유언장을 만들지는 않을까 걱정하며 몰래 집 안을 뒤지거나 감시하기도 했다. 톨스토이의 비서들이나 추종자들과도 다투는 일이 많았다. 소피야는 톨스토이가 집을 떠날까 봐 항상 불안해했다. 회심 직후인 55세에 톨스토이가 아스나야 폴랴나를 떠나려 할 때는 자살 소동도 벌였다. 톨스토이는 스톡홀름에서 열리는 국제평화회의에 초청받았는데도 소피야의 반대로 끝내 가지 못했다.

저작권을 포기하겠다는 유언이 법적으로 유효하지 않다는 변호사의 충고를 따라 톨스토이는 저작권 일체를 막내딸 알렉산드

자였다. 볼셰비키들이 권력을 잡은 1917년부터 모스크바의 수도원에서 3년이나 갇혀 지내야 했다. 결국 러시아를 떠나 망명길에 오른다.

라에게 위임한다는 비밀유언장을 작성한다. 이를 알게 된 소피야는 다른 사람이 있어도 톨스토이에게 '살인자' 또는 '짐승'이라고 욕설을 퍼붓고 집 근처 공원에 드러누워 떼를 쓰기도 했다. 하지만 톨스토이의 고집도 만만치 않았다. 톨스토이는 사치스러운 생활 때문에 자신이 비난받는 상황을 견디기 힘들어했다. 톨스토이에게 신념과 명예는 다른 모든 것을 희생하고도 마지막까지 지켜야 할 정도로 소중했다.

나는 뚜렷한 신념과 가치관을 지녔다. 게다가 고집불통이다. 그래서 어떤 노동조합이나 단체에도 가입하지 못한다. 집단에 속하면 나와 의견이 다름에도 불구하고 끌려가기 때문이다. 다수결의 비극 중 하나이다.

나는 나의 신념과 가치관에 어긋나는 짓은 절대로 하지 않았다. 약속 시간에 늦기 싫어 일찌감치 나가서 시간을 낭비하기 일쑤였고, 주황색 신호등으로 변하는 순간 브레이크를 급하게 밟아 뒷차에게 욕을 먹은 적도 많았다.

편법이나 변칙, 부정은 참기 힘들었다. 늦잠을 잔 학생이 병원 진료확인서를 가지고 오는 경우가 있다. 무단 지각은 내신성적에서 감점이 되지만 질병 지각은 아무런 불이익도 없기 때문이다. 학원에 가느라 학교를 빠지면 무단으로 처리하는데, 고등학교 3학년 2학기가 되면 예체능 입시를 준비하는 학생의 경우 매일 오후에 입시학원에 가면서도 다음날 진료확인서를 제출하는 경우가 많다. 그러면 나는 기어이 학생에게 꼭 한마디를 해야 성이 풀렸다. 자신의 이익을 위해 편법이나 변칙을 쓰는 것부터 배우면 올바른 인간으로 자라나기 어렵다고 생각했다. 교칙대로 9시 정각에서 1분이라도 넘으면 무단 지각 처리를 했다. 생활기록부나 추천서는 부풀리지도 거짓도 없이 사실만을 기록했다. 원리원칙만 고집하다 보니 당연히 학생이나 학부모와 갈등이 있을 수밖에 없다. 동료 교사들은 '혼자만 원칙주의자인 척'한다며 들으란 듯 투덜거렸다.

수많은 갈등을 겪으며 깨달았다. 절대적인 신념과 가치관은 없다. 세상은 수학 공식이 적용되지 않는다. 조건이 무한대이기 때문이다. 상황에 따라 신념을 굽히고 가치관을 구부릴 수도 있어야만 했다. 내가 편법이나 변칙이라고 부르는 것들이, 어쩌면 융통성일 수도 있었다. 살아남기 위해서는 거센 바람에 부러지는 것이 아니라 흔들려야만 했다. 원리원칙만 강조하는 것이 오히려 오만이나 아집일 수 있었다.

요즘에는 학급에 정신과 치료를 받는 학생들이 꽤 있다. 특히 고등학교 3학년 담임을 할 때는 우울증으로 치료받는 학생들이 하나둘씩 늘어나 괴로웠다. 학생들이 우울한 이유는 두 가지로 압축된다. 가정환경과 성적. 아직 나이 어린 아이들은 감정적이고 충동적이다. 그래서 갑작스러운 충동을 이기지 못하고 자살하는 학생도 있다.

나의 첫 발령지는 가난한 동네 남자 중학교였다. 담임 학급에서 열 명이 넘는 학생이 급식비나 학교 운영비를 체납하곤 했다. 차라리 기초생활보호 대상자는 정부에서 지원을 받아 학비가 면제되니 형편이 나았다. 교감은 한 달에 한 번 담임교사를 불러 돈을 받아내라고 닦달했다. 교감이나 행정실장은 체납액이 많으면 담임이 대신 납부하라고 강요했다. 좋은 교사라면 그 정도는 해야 된다고 말이다. 학부모에게 납부 독촉 전화를 하는 것이 소름 끼칠 정도로 싫었다.

첫 제자들을 많이 사랑했다. 어찌나 사랑했는지 너무 보고 싶어서 여름방학이 빨리 끝나기를 바랄 정도였다. 그래서 어떻게든 아이들이 가난에서 벗어나게 만들고 싶었다. 가장 쉬운 방법은 공부였다. 자주 시험을 보고, 부진한 성적을 이유로 체벌을 하기도 했다. 체벌을 하고 온 날은 죄책감에 밤새 뒤척였다. 하지만 아이들의 성적이 오를 때면 죄책감도 줄어들었다. 불행하게도 입시 위주의 한국에서는 스파르타식 교육이 효과적이었다. 아이들은 모두 우수한 성적으로 원하는 고등학교에 진학했다.

과정이 어떻든 결과가 중요하다고 생각했다. 교육에도 효율성이 필요하다고 착각했다. 아무것도 모르는 신규 교사 시절이었지만 부끄러운 과거다.

부유한 동네 고등학교에 근무하면서 깨달았다. 나의 예상과는 달리 능력 있는 아버지와 전업주부인 어머니를 둔 외동아이들은 가난한 동네의 아이들보다 훨씬 불행했다. 단지 낮은 성적 때문에 좌절하고, 그저 낮은 성적 때문에 실망한 부모님과 다투다 절망했다. 그제야 나는 아이들에게 가르쳐야 할 것은 지식이 아니라 행복해지는 방법이라는 것을 깨달았다. 그러기 위해서는 나부터 행복해져야만 했다. 그래서 무조건 긍정적으로 사고하려 노력한다. 오랜 시간이 흐르면 신념과 가치관도 변하고 성장한다. 변하지 않는 것은 죽은 것뿐이다.

"모두 세상을 바꾸겠다고 생각하지만, 누구도 스스로 바뀌어야겠다고 생각하지 않는다."

우리는 신념에 따라 행동하고 가치관에 따라 판단한다. 하지만 타협과 양보가 없는 신념과 가치관은 독선일 뿐이다. 원리원칙은 중요하다. 하지만 관용과 포용이 없는 원리원칙은 비인간적이고 잔인하다. 나는 타인에게뿐만 아니라 나 자신에게도 원리원칙을 강요했다. 그러니 언제나 삶이 힘들고 어려웠다. 한 마디로 피곤했다. 문제는 나뿐만 아니라 주위 사람들도 힘들게 한다는 데 있다. 약속 시간을 지키기 위해 일찍 나가 멍하니 시간 낭비를 하는 나도 안타깝지만, 약속 시간에 맞춰 나오고도 미안해하는 친구도 억울할 것이다. 나에게도 타인에게도 조금 관대하게 융통성을 발휘해야 한다. 그래야 인생이 힘들지 않다.

소피야와 크게 부부싸움을 한 이튿날인 1910년 10월 27일, 화가 난 톨스토이는 막내딸 알렉산드라를 데리고 새벽을 틈타 가출한다. 추종자인 블라디미르 체르트코프도 함께했다. 소피야가 깨어날까 봐 촛불도 켜지 못했다. 기차역에 도착하자마자 가장 빨리 출발하는 열차를 탔다. 하지만 톨스토이의 가출은 하루만에 전 세계에 알려졌다. 이미 러시아의 비밀 헌병, 지역 경찰, 가족들이 고용한 사설탐정이 톨스토이를 미행하고 있었다. 기차 승객들도 톨스토이를 알아봤다. 하지만 모두 톨스토이를 모른 척 해주었다.

소피야는 톨스토이의 가출을 눈치채자마자 호수에 뛰어들어 죽으려고 했다. 톨스토이는 소피야의 자살 소동을 전해 듣고도 흔들리지 않았다.

당시 톨스토이는 82살의 나이였지만 잔병치레 없이 건강했다.

하지만 늦가을의 가출 여행은 톨스토이가 열이 오르면서 사흘 만에 막을 내렸다. 하는 수 없이 톨스토이는 시골 간이역인 아스타포보역[101]에서 내렸다. 역장은 당연하다는 듯 가족들을 부엌으로 내몰고 톨스토이에게 관사를 내어준다. 곧이어 철도청 외래진료소의 의사인 스토코프스키가 불려왔다. 병명은 급성 폐렴이었다.

다섯 명의 헌병이 파견되어 관사를 둘러쌌다. 지역 철도 책임자인 마트레넨스키 장군은 역을 지나가는 모든 기차의 기관사들에게 기적을 울리지 말라는 지시를 내렸다. 톨스토이의 병은 즉시 전 세계에 타전되었다. 수많은 사람이 아스타포보역에 몰려들었다. 이틀 뒤, 톨스토이 가족과 측근들이 철도청으로부터 급히 임대한 특별열차 편으로 도착했다. 너무 작은 마을이라 숙박할 곳도 없어 가족들은 특별열차를 역내 대피선에 세워 임시 숙소로 이용했다. 의사들은 매일 환자의 상태를 적어 관사 밖에 게시했고, 그 내용은 러시아의 모든 신문에 실렸다.

고열과 기침에 시달리면서도 톨스토이의 의식은 대체로 명료했다.

---

101) 아스타포보역은 톨스토이를 기리기 위해 '레프 톨스토이역'으로 이름을 바꾸었다. 또한 톨스토이가 사망한 시간인 6시 5분으로 멈춘 시계가 있다. 아스타포보역은 이제 사용되지 않는다.

"농노들이……, 농노들이 죽어가고 있다."

"하지만 농노들……, 농노들은 어떻게 죽지?"

톨스토이는 가끔 정신이 들 때면 농노에 대해 이야기하며 울곤 했다. 톨스토이는 죽음의 순간마저도 농노이고 싶어했다.

톨스토이를 만날 수 있는 사람은 극히 제한되었다. 톨스토이는 어떻게든 종부성사[102]를 받아내라는 러시아 정교회의 특명을 받고 달려온 지역 수도원장 바르소노피를 만나지 않겠다며 거부했다. 톨스토이는 오히려 자기 수첩에 분명하게 적었다.

'혹시라도 거짓 소문이 만들어질지 몰라 확실하게 적는다. 내가 죽기 직전 회개하고 성찬을 받았다는 이야기가 나온다면 그것은 모두 거짓임을 밝힌다.'

톨스토이는 죽기 직전까지도 아내 소피야와 화해하지 않았다. 소피야는 내내 관사 밖에서 기다렸지만, 톨스토이를 만나지 못했다. 톨스토이가 흥분할 것을 우려한 막내딸 알렉산드라와 측

---

102) 종부성사(extreme unction)는 죽음을 앞두고 영혼을 하나님께 의탁하는 의식이다.

근들이 방으로 들어가지 못하도록 막았다. 결국 소피야는 11월 7일 새벽, 톨스토이가 혼수상태에 빠진 뒤에야 방에 들어갈 수 있었다. 톨스토이는 그날 새벽 6시 5분 사망했다.

톨스토이는 소피야가 장례식장에 들어오지 못하게 하라고 유언했다. 결국 소피야는 장례식에 참석하지 못했고, 죽어서도 남편 톨스토이의 무덤 옆이 아닌 이웃 마을 묘지에 묻혔다.[103]

톨스토이는 자신의 관에 꽃을 바치지 말 것이며, 비석도 없이 야스나야 폴랴나에 묻어달라고 말했다. 하지만 톨스토이의 장례 열차가 가는 길은 내내 사람들이 가져온 꽃으로 뒤덮였다. 니콜라이 2세는 추모글을 신문에 발표했지만, 한편으로는 사람들이 몰려들어 대규모 소요사태가 일어날까 걱정했다. 야스나야 폴랴나에 접근하는 교통편은 모두 통제되었다. 하지만 사람들은 걸어서라도 야스나야 폴랴나로 찾아왔다. 엄청난 인파가 몰렸지만 다행히 장례식은 조용히 끝났다. 당연했다. 톨스토이는 평화를

---

103) 소피야는 톨스토이가 죽게 된 원인을 제공했다는 이유로 많은 비난을 받았다. "진정으로 위대한 한 남자와 천재의 아내로 살기에는 너무도 부족했던 나를 세상 사람들이 부디 따뜻한 시선으로 봐주기를 바란다." 소피야의 변명에도 불구하고 톨스토이의 추종자들은 소피야를 용서하지 않았다. 소피야는 톨스토이의 전 작품을 모아 톨스토이 전집을 완성해 출판했다. 톨스토이처럼 소피야도 일기를 쓰는 습관이 있었기에 톨스토이 생애를 연구하는 데 많은 도움을 주었다.

강조하는 비폭력 저항운동을 지지했으니까 말이다.

"인간은 죽었으나 그의 세계관은 계속해서 다른 인간들에게 영향을 미친다. 이는 살아 있을 때보다 훨씬 강렬하다. 그의 영향은 이해력과 사랑으로 인해 상승하며, 살아있는 모든 것처럼 중단도 없고 끝도 없이 성장한다."

톨스토이는 죽었지만, 톨스토이즘이라 불리는 톨스토이의 사상과 신념은 마하트마 간디와 마틴 루터 킹 주니어[104]를 비롯한 수많은 사람에게 영향을 미쳤으며, 아직도 수많은 사람의 가치관과 신념에 영향을 미치고 있다.

---

104) 마틴 루터 킹 주니어(Martin Luther King Jr., 1929년 1월 15일~1968년 4월 4일)는 미국의 침례회 목사이자 인권 운동가이다. 기독교 평화주의자로 흑인 인권 신장 운동은 비폭력적이어야 한다고 강조했다.

나는 집 밖으로 나설 때면 항상 불안했다.
전등은 모두 소등했는지, 가스 밸브는 잠갔는지,
창문이 열린 곳은 없는지 불안해서 안절부절못했다.
해외여행을 갔는데 에어컨을 틀어놓고 온 것만 같아 내내 걱정하느라
여행을 즐기지 못한 적도 있었다.
자동차 문을 잠갔는지 확인하느라 한밤중에 주차장으로 내려간 적도 있었다.

링컨은 어린 시절 독선적인 아버지에게서 상처받았기 때문에
아이들을 굉장히 아끼고 사랑했다.
하지만 링컨이 41살 되던 해, 3살 에드워드는 폐결핵에 걸려 죽었다.
당시 링컨은 하원의원 임기를 마친 뒤 공직으로 진출하려고 시도했지만 실패했다.
이어서 아버지가 사망했다. 링컨은 장례식에 참석하지 않았다.

해방

에이브러햄 링컨
Abraham Lincoln

/

1809년 2월 12일 ~ 1865년 4월 15일

링컨은 남북전쟁을 승리로 이끌고 노예를 해방시키는 데 결정적인 역할을 한 미국의 대통령이다. 또한 최초의 공화당 출신 대통령이다. 링컨이 있었기에 미국은 남북이 갈라지지 않고 하나의 나라가 될 수 있었다. 원래 '미합중국(The United States)'에는 'are'라는 복수형 동사가 사용되었다. 하지만 링컨 이후에는 'is'라는 단수형을 쓰게 되었다. 즉, 링컨이 있었기에 미국은 진정한 통합을 이룰 수 있었다. 그래서 5달러 지폐에는 링컨의 초상화가 그려져 있다. 또한 미국인들은 존경을 담아 러시모어산에 링컨을 조각했다.[105]

링컨의 아버지 토머스 링컨(Thomas Lincoln)은 켄터키에서 손에 꼽을 정도로 부자였지만 소유권 분쟁으로 땅을 전부 잃어버렸다. 그래서 링컨은 동네에서 멀리 떨어진 개척지의 통나무집에서 태어났다. 링컨이 태어난 지 얼마 지나지 않아 아버지는 파산을 하고 가족은 인디애나주로 이주한다.

링컨이 9살일 때 링컨의 어머니 낸시 링컨(Nancy Lincoln)은 뱀뿌리풀이라는 독초를 먹은 젖소에서 짠 우유를 마시고 병에 걸

---

105) 다른 3명은 조지 워싱턴(George Washington), 토머스 제퍼슨(Thomas Jefferson), 시어도어 루스벨트(Theodore Roosevelt)이다.

려 죽었다. 3명의 자녀를 양육하고 집안을 돌볼 사람이 필요했기에, 아버지는 이듬해 소꿉친구 사라 존스턴(Sarah Johnston)과 재혼하였다. 사라도 이미 3명의 자녀를 둔 미망인이었다. 사라는 6명의 아이들을 차별하지 않고 사랑으로 보살폈다. 링컨은 사라를 '엄마'라고 부르며 잘 따랐다.

문맹인 아버지는 교육의 필요성을 인정하지 않았으며, 링컨이 독서를 하거나 학교에 다니는 것을 대놓고 싫어했다. 링컨이 생각에 잠겨 있거나 책을 읽고 있으면 게을러서 그렇다며 때리기도 했다. 그나마 새엄마인 사라가 편을 들어 주었기에 링컨은 독학으로나마 공부를 할 수 있었다. 독선적인 아버지 때문에 링컨의 정식 교육은 채 1년이 되지 않는다.

아버지는 어린 링컨에게 농장 일을 시키는 것으로도 모자라 남의 농장에서 일하고 돈을 벌어오라고 닦달했다. 동네 사람들이 욕할 정도로 아버지는 링컨에게 노동을 강요했다. 링컨은 닥치는 대로 일을 해서 번 돈을 모두 아버지에게 주었다. 그리고 돈이 필요하면 아버지에게 빌렸다.

19살이 되던 해에는 누나 사라가 결혼한 지 17개월 만에 아이를 낳다가 죽었다. 어린 시절 집이 마을에서 떨어진 개척지에 있었기에 링컨과 누나는 서로의 유일한 친구이기도 했다. 링컨은 누나의 죽음이라는 충격에서 벗어나기 힘들어했다.

21살이 되던 해 가족은 또다시 집을 떠나 일리노이주로 향한다. 링컨은 장작을 쪼개는 일을 하며 돈을 벌어 가족을 부양했다. 22살이 되던 해 링컨은 집에서 독립해 여러 직장을 전전하면서 돈을 모은다. 하지만 이듬해에 친구와 동업을 했다가 실패해 빈털터리가 되었다. 변호사 시험에 합격하기 전까지 링컨은 우체국장, 뱃사공, 가게 점원, 토지측량 기사, 프로레슬러, 군인, 막노동꾼 등 다양한 일에 종사하면서 온갖 고생을 했다. 특히 링컨은 프로레슬러로 뛰어난 활약을 했다. 링컨은 갱단의 두목인 잭 암스트롱과 싸워서 이긴 적도 있다. 두 사람은 경기를 통해 가까워져 20년 후 암스트롱 아들의 살인 재판에서 링컨이 무료로 변호를 해 무죄판결을 이끌어내기도 했다. 링컨은 12년 동안 300전 299승 1패를 기록해 1992년 프로레슬링 명예의 전당에 오르기도 했다.

링컨은 호감이 가는 외모는 아니었다. 190cm가 넘는 키에 비쩍 마르고 날카롭고 신경질적인 인상이었다. 게다가 항상 우울한 표정이니 매력적이기는 힘들었다. 친구와 동료들은 '깡마른 꺽다리 촌놈', '긴팔원숭이'라고 놀렸다. 정적으로 만난 에드윈

M. 스탠턴[106]과 매클렐런[107]은 '고릴라'라며 공개적으로 모욕하기도 했다. 스탠턴은 토론에서 링컨을 비웃으며 말했다.

"여러분, 우리는 고릴라를 보려고 굳이 아프리카까지 갈 필요가 없습니다. 일리노이주 스프링필드에 가면 링컨이라는 고릴라를 바로 볼 수 있습니다."

링컨도 외모에 대한 열등감이 있었는지, 토론 중에 정적 스티븐 A. 더글러스[108]가 링컨이 '두 얼굴의 사나이'라고 비난하자

---

106) 에드윈 맥마스터스 스탠턴(Edwin McMasters Stanton, 1814년 12월 19일~1869년 12월 24일)은 미국의 변호사이자 정치인이다. 스탠턴은 링컨과 정적으로 사이가 좋지 않았다. 하지만 링컨은 스탠턴을 남북전쟁 중 전쟁장관(Department of War, 육군 장관)에 임명했다. 한 하원의원이 링컨에게 스탠턴 전쟁장관이 링컨 대통령을 '바보'라고 불렀다고 전하자 링컨은 "만일 그가 나를 바보라고 불렀다면 나는 바보임에 틀림없다"고 대꾸했다. 이런 링컨의 무한한 신뢰 때문에 결국 스탠턴은 링컨의 강력한 지지자가 되었다. 링컨은 "그는 부서지지 않는 바위처럼 나를 지탱한다. 그가 없었다면 나는 부서졌을지도 모른다"라고 할 정도로 스탠턴을 높이 평가했다. 하지만 링컨 암살 사건에 스탠턴이 배후에 있었다는 음모론도 있다. 존 제이크와 클라이브 커슬러는 음모론을 바탕으로 소설을 출판하기도 했다. 스탠턴은 링컨의 후임자인 존슨 대통령과 갈등을 빚다 파면되었다.
107) 조지 브린턴 매클렐런(George Brinton McClellan, 1826년 12월 3일~1885년 10월 29일)은 선거에서 민주당 후보로 링컨과 맞붙었다. 남북전쟁 당시 북군 사령관이었다.
108) 스티븐 아널드 더글러스(Stephen Arnold Douglas, 1813년 4월 23일~1861년 6월 3일)는 미국 일리노이주 출신의 정치인이다. 1860년 미국 대통령 선거에서 민주당 후보였으며 링컨에게 패배했다. 더글러스는 링컨의 아내 메리 토드와 사귄 적이 있었다.

"저한테 얼굴이 하나 더 있다면 잘생긴 얼굴로 하고 나왔지 이 얼굴을 하고 다니겠습니까!"라고 받아치기도 했다.

링컨이 턱수염을 기르기 시작한 것은 그레이스 베델이라는 소녀가 편지로 권유했기 때문이다. 턱수염 덕분에 링컨은 조금 더 부드럽고 친근한 인상이 되었다. 링컨은 그레이스 베델을 만났을 때, "네 덕분에 내가 대통령이 되었다"라며 감사 인사를 하고 뺨에 입을 맞추었다.

자기를 남보다 못하거나 무가치한 인간으로 낮추어 평가하는 감정을 열등감이라고 한다. 지나친 경쟁은 인간을 발전하게도 하지만 열등감을 부추기기도 한다. 자신보다 우월한 사람을 보고 본받아 성장하는 것이 아니라 자신을 스스로 비하하는 자기혐오에 빠지면 우울증이 유발되기도 한다. 특히 비교 대상이 사회·경제적으로 성공한 유명인일 경우에는 비참해지기까지 한다.

열등감이 없는 인간은 없다. 어떤 인간도 모든 면에서 최고일 수는 없다. 누군가는 어떤 면에서 자신보다 우월하기 마련이다. 반대로 누군가는 어떤 면에서 자신보다 열등하기 마련이다. 그러니 자신의 모습을 있는 그대로 받아들여야 한다.

나는 초등학교부터 대학원까지 학교생활 내내, 시험이 코앞에 닥쳐서야 벼락치기를 하는 학생이었다. 매번 다음부터는 미리미리 준비해야지, 굳게 결심하지만 소용없었다. 꾸준히 노력하는 학생들이 너무 부러웠다. 그리고 게으른 내가 싫어졌다. 벼락치기라도 밤새워 공부하면 좋으련만, 나는 몇 시간 만에 지쳐서 나가떨어지곤 했다. 그래서 체력이 약한 내가 짜증났다. 나는 도무지 이해되지 않는 천체역학의 수식을 단번에 이해하는 친구는 괜스레 미웠다.

언제나 최선을 다하지 못하는 내가 가장 큰 문제라고 생각했다. 노력이나 의지가 부족해서라고 나 자신만 원망했다. 하지만 아니었다. 모든 사람은 다른 재능과 성격을 지닌다. 그러므로 당연히 나의 최선과 타인의 최선이 다를 수밖에 없다. 다른 학우들이 10시간을 공부할 때 내가 2시간밖에 공부하지 못했다고 나를 탓해서는 안 된다. 나에게는 2시간이 최선이었을 테니까 말이다.

자신의 열등함을 인정하고 객관적으로 바라봐야 한다. 그러지 못하고 열등감에 사로잡혀서 오히려 우월감을 드러내며 잘난 척하거나, 비교 대상인 타인을 비난해 깎아내리면 대인관계에 여러 문제를 일으킬 수 있다.

선천적인 외모, 재능, 신체적 능력, 부모의 소득, 인성, 건강 등 노력으로 뛰어넘을 수 없는 것이 있다. 지나친 노력은 오히려 병이 될 수도 있다. 열등감을 극복하기 위해 자신을 과도하게 통제하고 단점에 집착하면서 완벽주의를 추구하는 사람은 결코 행복할 수 없다.

우울증이 가장 심각하던 시기 동료 교사들은 나에게 말했다.

"선생님은 완벽주의자이신 거 같아요. 어쩌면 그렇게 여러 번 점검하실 수 있어요? 진짜 꼼꼼하시네요."

그건 칭찬이 아니었다. 나는 성격이 급한 편이고 덜렁댄다. 그러니 실수나 잘못이 잦은 편이다. 맞춤법이나 띄어쓰기가 잘못된 곳은 없는지 생활기록부를 점검하고 또 점검한다. 시험 문제를 출제하면 혹시나 조건을 빠뜨리지는 않았는지 오류가 있지는 않은지 검토하고 또 검토한다. 보통 시험 문제는 3주 전쯤 완성하고 담당 부서에 제출하는데, 시험 당일까지 매일매일 불안해하면서 시험 문제를 풀고 또 풀어본다. 시험 전날은 잠들기 힘들 정도로 불안 증세가 심했다.

어쩌다 생활기록부나 시험 문제에 오타라도 발견되면 짜증이 치솟는다. 그런 실수를 한 나 자신을 용납할 수 없다. 절대로 실수하지 말아야지, 라는 생각으로 다음번에는 더 열심히 검토하고 점검한다. 나의 단점을 숨기고 싶었다. 언제나 신경을 곤두세웠다. 당연히 나는 예민하고 신경질적인 사람이 되었다.

당시 나는 집 밖으로 나설 때면 항상 불안했다. 전등은 모두 소등했는지, 가스 밸브는 잠갔는지, 창문이 열린 곳은 없는지 불안해서 안절부절못했다. 몇 번씩 점검하고 나서야 겨우 집을 나설 수 있었다. 해외여행을 갔는데 에어컨을 틀어놓고 온 것만 같아 내내 걱정하느라 여행을 즐기지 못한 적도 있었다. 자동차 문을 잠갔는지 확인하느라 한밤중에 주차장으로 내려간 적도 있었다.

정신과 의사는 나의 증세를 강박장애(obsessive-compulsive disorder)로 진단했다. 강박장애는 자신의 의지와 상관없이 특정한 사고나 행동을 지속적으로 반복하는 상태를 말한다. 나는 당연히 인정하지 않고 즉시 반박했다. 정신과 치료를 받으면 받을수록 내 병명이 늘어나는 것이 못마땅했다. 하지만 이제는 내가 과거에 강박장애를 앓았다는 것을 인정할 수 있다. 정신과 치료를 시작한 뒤 나의 불안 증세는 많이 줄었다. 외출할 때도 쓱 집 안을 한 번 훑어보고 끝이다. 여행을 가서도 집 걱정 따위는 잊고 즐긴다.

나의 급하고 덜렁이는 성격을 온전히 받아들이자 세상이 달라졌다. 예전에는 실수나 잘못을 하면 나 자신을 들들 볶았다. 나를 가장 괴롭히는 사람은 언제나 나 자신이었다. 하지만 이제는 그냥 실수를 수정하고 잘못을 사과하고 넘어간다. 그럴 수도 있지, 라고 생각한다.

세상에 완벽한 인간은 존재하지 않는다. 세상에 모든 걸 다 가진 인간은 존재하지 않는다. 나는 이제 부족하고 모자란 점에 집착하기보다는 장점을 더 부각할 수 있는 방법을 찾는다.

"인간은 스스로 마음먹은 만큼 행복해질 수 있다. 자신의 부족한 점에 집착하지 말자."

신은 누군가에게는 많은 것을 베풀면서 나한테만 인색하다고 생각했다. 게다가 어떤 이들은 그런 재능과 부, 명예나 권력을 가질 자격이 없었다. 신은 공정하지 않다. 게다가 심술궂기도 하다. 나는 작가를 꿈꾸는 데도 글쓰기 능력은 부족했다. 욕망만 가득 안겨주고, 정작 욕망을 채울 천부적 재능은 주지 않았다. 간절하게 바란다고 해도 이룰 수 없는 것들이 있다. 그래서 신을 원망하고 증오했다. 어느 날 문득 깨달았다. 신이 공평해야 할 이유는 없었다. 나만 간절한 것이 아니었다. 나보다 더 간절한 기도도 모른 척하는 신이었다. 불공평하고 심술궂은 신과 화해하기까지 오랜 시간이 걸렸다.

그럼에도 불구하고 한 사람에게 주어진 행복과 불행만은 공평하다고 생각한다. 많은 것을 가진 자는 나보다 행복의 역치가 높다. 갑자기 하늘에서 1억이 떨어진다면 나는 기뻐하겠지만 재벌은 나만큼 기뻐하지 않을 것이다. 천부적 재능이 있어도 자신의 재능을 알아차리지 못하는 사람도 있고, 살아서 인정받지 못하는 사람도 있다. 천부적 재능이 없는 나만 불행한 것이 아니었다. 그러니까 나만 불행한 것이 아니라고 자신을 설득하고 세뇌하고 다독이면서 오늘도 살아남았다.

링컨의 첫사랑은 앤 루트리지였다. 한창 사랑이 무르익어갈 무렵 앤 루트리지는 장티푸스로 인해 갑작스럽게 죽어 버린다. 링컨은 주변 사람들이 걱정할 정도로 심각한 우울증에 시달렸다. 총이나 칼을 피하고, 숲을 산책하지도 않았다. 자신을 공격하거나 목을 매달까 걱정이 되어서였다.

첫눈에 반한다는 현상은 페닐에틸아민(Phenylethylamine)의 급격한 분비로 발생한다. 페닐에틸아민은 마약의 주성분인 암페타민(amphetamine) 계열 물질이다. 그래서 사랑에 빠지면 이성이 마비되고 행복감에 도취된다. 페닐에틸아민의 분비는 한계가 있어서 일반적으로 2년을 넘기지 못한다. 당연히 개인차가 있어서, 대부분은 3개월이면 분비가 중단되고 어떤 경우에는 3년이 넘어서도 분비되기도 한다. 페닐에틸아민의 분비가 줄어드는 대신 옥시토신이 활발하게 분비되면서, 서로를 친밀하고 편안하게 느끼게 된다. 옥시토신은 사랑의 호르몬이라 불리는데 편도체의 활동을 억제해 불안감을 낮춰준다. 옥시토신은 출산 시에도 분비된다.

하지만 갑자기 이별하게 되면 페닐에틸아민이 분비되지 않아 생리적 금단현상이 나타난다. 엔도르핀을 대체해 아드레날린과 도파민의 생성이 많아지고 그리움을 느낀다. 또한 스트레스 호르몬인 코르티솔이 분비되면서 슬퍼진다. 중추신경계 자극제인 암페타민의 대표적인 금단현상은 우울증이다. 또한 과민, 불면 또는 수면과다, 불안, 불쾌, 피로, 두통, 발한, 근육통, 허기, 복통 등의 부작용이 있다. 금단 증상은 대개 마지막 약물 복용 뒤 2~4일간 가장 심하고, 일주일 이내에 그 증상이 사라진다. 금단과 동반된 우울증은 항우울제인 선택적 세로토닌 재흡수억제제(SSRI)나 부프로피온(Bupropion) 등으로 치료한다.

초원들쥐와 목초들쥐는 유전적이나 외모적으로 차이가 거의 없다. 하지만 초원들쥐 수컷은 엄격하게 일부일처제를 지키고, 목초들쥐 수컷은 난잡한 관계를 추구하고 암컷도 육아에 잠깐만 참여한다. 그런데 바소프레신 억제제를 수컷 초원들쥐에게 투여하자 아내에 대한 강한 유대감이 사라졌다. 새로운 암컷과 있는 상태에서 바소프레신을 투여하자 오히려 그 암컷에게 유대감을 보였다.

남성의 테스토스테론은 여자를 갈구하게 하고 면역기능을 떨어뜨린다. 진화적으로 유리한 전략은 배우자를 만나기 전까지는 테스토스테론 수치를 높게 유지하고 배우자를 만난 이후에는 낮게 유지하는 것이다. 실제로 기혼 남성의 테스토스테론 분비량은 연애하지 않는 미혼 남성보다 15% 정도 적다.

물론 사랑을 단순한 호르몬의 작용으로만 보기에는 무리가 있다. 수많은 예술작품에서 묘사하듯 진정한 사랑은 자기희생적이고 영원히 변하지 않는 절대적 감정이다. 문제는 그런 사랑이 드물다는 것이다. 현실에서는 쉽게 볼 수 없기에 예술가들이 '사랑'이라는 주제에 집착하는 것이다.

로미오와 줄리엣을 비롯해 수많은 예술작품의 주인공이 사랑하는 이의 죽음에 절망해 죽어 버린다. 현실에서도 사랑을 잃어버린 뒤에 죽어 버리는 병이 있다. 상심증후군(broken heart syndrome)은 사랑하는 사람의 갑작스러운 죽음이나 실연 등 극도의 스트레스를 받았을 때 심장 능력이 현저히 저하되어 심근경색과 비슷한 증상이 나타나는 질병이다. 아드레날린 등 호르몬이 과다 분비되어 심장이 멈추거나 찢어지는 느낌이 들고 심각할 경우 사망하기도 한다. 공식 명칭은 '타코츠보 심근증(takotsubo cardiomyopathy)'으로 일본에서 처음 발견됐다. 상심증후군의 연간 발생률은 꾸준히 증가하고 있으며 전체 환자의 80%

이상이 여성으로 나타났다. 심장마비로 병원에 실려 온 환자 중 2%가 상심증후군 환자로 추정된다. 하지만 사망까지 하는 경우는 극히 드물다.

템스 강에서 자살한 시신을 부검한 결과, 부도 때문에 자살한 시체의 손톱은 깨끗한데 실연을 이유로 자살한 시체는 손톱이 닳거나 몽땅 빠져 있었다. 실연당해서 자살한 사람은 마지막 순간 살기 위해 손에 잡히는 무언가를 마구 잡아당기고 긁어댔기 때문이다. 실연의 아픔은 생존본능보다 약하디약하다. 그러니까 아무리 사랑을 잃고 슬퍼도 결국은 살아남게 되어 있다. 시간이 흐르면 호르몬의 금단 증상도 없어지고, 기억도 흐려진다. 그리고 또 다른 사랑이 찾아온다. 그때까지만 견뎌라.

실연의 슬픔을 극복하는 제일 좋은 방법은 빨리 다른 사람을 사랑하는 것이다. 옛사랑은 새로운 사랑으로 잊는다는 말은 과학적으로 옳다. 새로운 사랑을 만나면 페닐에틸아민이 다시 분비되기 때문이다.

역으로 우울증 치료제에 페닐에틸아민을 사용하기도 한다. 운동을 하거나, 로맨스 소설이나 사랑 영화를 보면 페닐에틸아민의 분비량이 늘어난다. 페닐알라닌이 많은 초콜릿, 포도주, 굴, 새우, 콩 등을 섭취하면 몸 안에서 페닐알라닌이 페닐에틸아민으로 전환이 된다. 그러니까 굳이 새로운 사랑을 찾아 연애를 하지 않아도 페닐에틸아민을 흡수할 수 있다. 실연으로 미칠 것 같으면 운동을 하거나 페닐알라닌이 많은 음식을 먹으면서 버티자. 버티다 보면 금단 증상이 없어지는 날이 올 것이다. 그리고 생생한 기억이 빛바랜 추억이 될 때가 올 것이다.

링컨은 27살이 되던 해 관심이 있던 법률을 혼자 공부하여 변호사 자격을 취득하였다. 링컨은 일리노이주 스프링필드로 이사해 잡화점 주인 조슈아 스피드와 함께 4년 동안 살았다. 당시에도 링컨은 신문에 자살을 예찬하는 시를 익명으로 발표할 정도로 심각한 우울증에 시달렸다.

링컨은 스피드의 소개로 만난 메리 토드[109]와 결혼을 약속했지만, 결혼식 당일 도망쳐 버린다. 하지만 이듬해 말 결국 메리 토드와 결혼했다. 이때도 링컨은 도망치려다 붙잡혔다. 메리는 켄터키주 렉싱턴에서 노예를 소유한 부잣집 출신이었다. 당연히 메리는 상류층의 예의범절을 중요시했다. 그래서 링컨이 자유

---

109) 메리 토드 링컨(Mary Toad Lincoln, 1818년 12월 13일~1882년 7월 16일)은 최악의 영부인으로 꼽힌다. 제부가 남군 준장으로 전사하자 공식석상에서 울고, 여동생을 위로한답시고 백악관으로 불러서 며칠 자고 가게 했으며, 백악관으로 심령술사를 부르기까지 했다. 말년에는 정신착란으로 정신병원에 입원했으며 64세로 사망했다.

롭게 행동하면 견디지 못하고 잔소리를 하곤 했다. 또한 메리는 사소한 일로 화를 잘 내는 다혈질이었다. 어느 날 저녁에 메리가 불을 지펴야 하느냐고 네 번이나 물어보았는데도 링컨이 책에 몰두하여 대답이 없자, 메리는 장작으로 링컨의 머리를 두들겼다. 또한 링컨이 검소했던 것과 달리 메리는 사치에 익숙했다. 메리가 화가 나서 날뛰면 링컨은 아무 말도 안 하고 메리의 분노가 가라앉길 기다렸다.

로버트와 에드워드, 아들 두 명이 연이어 태어났다. 링컨은 어린 시절 독선적인 아버지에게서 상처받았기 때문에 아이들을 굉장히 아끼고 사랑했다. 하지만 링컨이 41살 되던 해, 3살 에드워드는 폐결핵에 걸려 죽었다.[110] 당시 링컨은 하원의원 임기를 마친 뒤 공직으로 진출하려고 시도했지만 실패했다. 이어서 아버지가 사망했다. 링컨은 장례식에 참석하지 않았다.

링컨은 우울증을 이겨내기 위해 독서를 많이 했다. 셰익스피

---

110) 이듬해 윌리엄이 태어났지만 역시 링컨이 첫 번째 대통령 임기를 수행하던 시절 열병으로 사망했다. 링컨의 넷째 아들인 테드는 링컨 암살 뒤에도 살았지만 17살에 요절했다. 링컨의 아들 중 18살이 넘어 성인이 된 사람은 장남 로버트가 유일하다. 가족의 연이은 죽음 때문에 링컨 부인이었던 메리가 정신착란을 일으켰다는 설도 있다.

어의 작품 중에서도 비극을 읽었고, 에드가 앨런 포의 어두운 소
설을 좋아했다. 또한 당시 인기를 끌었던 바이런[111]의 시를 읽고
외우기도 했다. 바이런도 우울증을 앓았기에 작품이 어두운 편
이었다.

바이런의 시극 〈맨프레드(Manfred : A dramatic poem)〉는 다음과
같은 독백으로 시작된다.

"등불에 기름을 채워야 한다.
하지만 기름을 채운다고 하더라도 내가 지키고 있지 않으면
타지 않는다.
선잠, 잠깐 눈을 붙일 뿐. 잠이 든 건 아니다.
끊임없는 상념으로
나의 마음은 견딜 수 없다.
불면증, 잠 못 이루고 있는 나, 눈을 감고 있을 뿐
내 눈은 내 안을 들여다보고 있다.

---

111) 조지 고든 바이런(George Gordon Byron, 1788년 1월 22일~1824년 4월 19일)은 영국
의 낭만주의 시인이다. 아내와의 법적 별거, 이복 누나 오거스타와의 근친상간
소문, 엄청난 부채 때문에 바이런은 영국을 떠나 유럽을 떠돌았다. 〈오늘 나는
36세가 되었다〉라는 시를 마지막으로 그리스에서 사망하였다.

아직 나는 숨을 쉬고 있는 형태와 모습만을 간신히 지탱하고 살아 있을 뿐이다.

하지만 이 슬픔은 당연히 지혜가 가르쳐준 것이겠지.

슬픔은 지혜이다. 깨닫는 자의 슬픔인 것이다.

치명적인 진리에 대해 깊이 탄식하는 사람들의 슬픔이다.

지혜의 나무는 생명의 나무가 아니다.

철학과 과학이 생명을 주지 않는다.

경이로운 봄도 가져다주지 않는다. 세상의 지혜는."

바이런의 시 〈추억(Remembrance)〉은 좌절과 절망으로 가득하다.

"모든 것은 끝났다! —꿈이 알려준 대로;

미래는 더 이상 희망의 빛을 비추지 않고

내 생애 행복한 날들은 얼마 되지 않네.

불행의 차가운 겨울바람에 얼어붙어

내 삶의 새벽은 먹구름으로 덮였구나.

사랑이여, 희망이여, 기쁨이여, 모두 안녕!

추억에도 작별을 고할 수 있을까!"

링컨은 자신의 우울과 절망을 잘 표현한 시이기 때문에 좋아해서 외우기까지 했겠지만, 내 생각은 좀 다르다. 오히려 밝고 가벼운 글을 읽는 게 더 나을 것 같다. 슬프고 우울한 이야기는 내 인생 하나면 충분하다. 어둡고 무거운 글은 내 어깨에 짐만 더할 뿐이다. 그래서 나는 날아갈 듯 가벼운 작품을 좋아한다. 일부러 로맨스 소설이나 추리소설을 자주 읽고, 코미디 프로그램이나 로맨스 코미디 드라마를 찾아 본다.

링컨은 소심해서 싫어하는 사람 앞에서는 욕이나 비난을 못하고 노트에 그 사람에 대한 욕을 잔뜩 써 놓곤 했다. 그리고 가끔 노트를 길가에 슬쩍 떨어뜨리고는 행인이 읽는 것을 지켜보면서 즐거워했다. '레베카'라는 가명으로 정치인 제임스 쉴즈(James Shields)에 관한 비난 기사를 투고한 적도 있었다. 쉴즈는 기사를 보낸 사람이 링컨이라는 걸 알아내고 결투 신청을 한다. 다행히 링컨의 친구가 중재를 해서 결투는 취소되었다. 그 뒤에 링컨은 타인을 비난하는 글을 쓰고 나서 난로에 태웠다고 한다. 링컨은 누군가 실수나 잘못을 해도 즉시 해임하거나 공개적으로 비난하지 않았다.

"남의 비판을 받지 않으려면 남을 비판하지 말라."

링컨은 남북전쟁 중 주위 사람들이 남부 사람들에 대해 지나친 적대감을 보이자, "그 사람들을 비난할 필요는 없어요. 우리도 그들 처지였다면 역시 그렇게 말했을지 몰라요!"라고 충고했다.

어떤 대상에 대한 비난이나 뒷담화는 서로의 유대감이나 동질감을 쌓기 좋은 수단이다. 네덜란드의 앤플로어 클렙 박사는 직장인을 회사에 대해 불평과 뒷담화를 즐기는 그룹과 아무런 비판도 못 하는 그룹으로 나누어 관찰했다. 그 결과 불만이나 뒷담화를 함께 나눴던 회사원들은 팀워크가 남달랐고 업무성과도 뛰어났다. 반면에 회사에 대해 긍정적인 얘기만 한 사람들은 창의력이 필요한 일은 잘 처리했으나 '뒷담화 그룹'에 비해 성과가 크게 두드러지진 않았다. 심리학자인 콜린 질 박사의 연구에 따르면 타인에 대해 뒷담화를 하는 동안 스트레스와 불안을 감소시켜주는 세로토닌 같은 행복 호르몬의 수치가 높아진다.

사회란 다양한 사람들의 집단이다. 서로에게 불평과 불만이 생기는 게 당연하다. 특히 직장생활을 하게 되면 회사나 상사에 대한 불평과 불만이 있을 수밖에 없다. 이상하게도 모든 인간은 상사가 되는 동시에 아랫사람에게 나쁜 사람으로 변신한다. 그러니 욕을 안 할래야 안 할 수가 없다. 인류학자인 로빈 던바의 연구에 의하면 사람들이 나누는 이야기의 3분의 2는 다른 사람에 대한 가십거리나 뒷담화라고 한다.

하지만 뒷담화가 돌고 돌아 당사자에게 전달되면 직장 내 괴롭힘이나 명예훼손으로 법정까지 갈 수도 있다. 그러니 뒷담화를 해야 가슴에 쌓인 울분과 짜증이 풀린다면 조심해서 해야 한다. 뒷담화는 대상과 아무런 관계가 없는 사람에게 하는 게 좋다. 아니면 타인에게 전달하지 않을 거라고 믿을 수 있는 사람에게 털어놓으면 된다. 아무도 없다면 링컨처럼 글로 적는 것도 괜찮다.

나는 링컨과 비슷한 방법으로 스트레스를 푼다. 내가 싫어하는 사람이나 인성이 나쁜 사람을 모델로 한 인물을 소설에 등장시킨다. 그리고 소설 속에서 그 사람의 악행을 다 풀어놓는다. 물론 비난도 실컷 할 수 있다. 본인이 봐도 어쩌겠는가? 소설일 뿐인데. 나와 친하게 지내는 사람들은 언제나 소설 속 악인이 누군지 단번에 알아낸다. 나는 창의력이 뛰어난 편이 아니라 현실을 바탕으로 소설을 쓰는 경우가 많다. 한 번은 학교에서의 비참하고 끔찍했던 경험을 소설 속에서 풀어낸 적이 있는데, 독자들은 대부분 '비현실적인 악의 집합'이라며 소설 속 현실을 거부하고 믿지 않았다. 원래 타인의 지옥은 비현실적으로 다가오기 마련이다. 그래도 다행이라고 생각했다. 나의 지옥을 믿지 못하는 사람들이 많다는 것은 최소한 내가 겪었던 현실이 전부는 아니라는 뜻이니까.

링컨은 10번의 선거에서 7번 낙선했다.[112] 선거에 떨어질 때마다 링컨은 단골 이발관에 들러 깨끗하게 이발과 면도를 한 뒤 식당에 가서 가장 비싼 음식을 시켜 혼자 맛있게 먹었다. 링컨은 실패의 연속에도 좌절하지 않았다. 오히려 자신을 위로하기 위해 노력했다.

자신을 위해 무언가를 사는 소비 치료 혹은 쇼핑 치료는 과학적으로 효과가 있다. 쇼핑을 하게 되면 우리 뇌의 보상중추인 측좌핵에서 도파민이 분비되어 기분이 좋아지기 때문이다. 너무 우울하면 자신에게 작은 선물을 사 주어라. 물론 자신의 경제적 능력에 맞추어 쇼핑해야 한다.

연구에 따르면 슬픈 감정을 느낄 때 사람들이 물건을 좀 더 비싸게 구매하는 경향이 있다고 한다. 연구팀은 실험 대상자를 슬픈 영화를 본 그룹과 자연 다큐멘터리 영화를 본 그룹으로 나누었다. 영화를 본 뒤 실험 대상자들에게 물병을 사 오라고 시킨

---

112) 1832년 일리노이주 의원 선거, 1834년 일리노이주 의원 의장, 1840년 대통령 선거인단, 1844년에는 연방하원 의원 공천, 1855년 연방상원의원, 1856년 부통령 후보 경선, 1858년엔 상원의원 선거에서 낙선했다.

결과, 슬픈 영화를 본 사람들은 자연 영화를 본 사람들보다 30% 가량 더 많은 돈을 썼다. 즉, 슬플 때는 충동구매가 늘어난다.[113]

쇼핑을 하면 자존감이 상승하지만 일시적이다. 자존감이 낮아지면 보상심리로 또다시 더 비싼 물건을 사는 악순환이 반복될 수도 있다. 그렇게 쇼핑 중독이나 과소비라는 또 다른 문제를 일으킨다. 자신의 경제적 수준이 감당할 수 있을 정도만 쇼핑해야 한다. 또한 쇼핑보다는 자신의 목표를 정하고 이루는 과정에서 자존감이 상승할 수 있도록 노력해야 한다.

연방 상원의원 선거에 출마했을 당시 링컨은 현역 상원의원이던 스티븐 A. 더글러스와 토론을 벌인다. 뉴욕 맨해튼의 쿠퍼 유니언 강당에서 이루어진 토론에서 링컨은 노예제도를 '도덕적·사회적·정치적 악(惡)의 제도'라고 비판했다. 링컨은 낙선했지만, 노예제 폐지론자로 각인되었다.

그리고 마침내 링컨은 윌리엄 시워드 상원의원을 물리치고 공화당 대통령 후보로 지명받고, 미국 대통령에 당선되었다. 링컨 인생에서는 드물게 운이 좋았다. 민주당이 스티븐 A. 더글러

---

113) 신시아 크라이더(Cynthia Crider) 카네기멜론대학 연구원, 제니퍼 러너(Jennifer Lerner) 하버드대학교 공공정책학과 교수.

스의 북부 민주당과 존 C. 브레킨리지의 남부 민주당으로 분열 되면서 링컨에게 유리한 상황이 되었기 때문이다. 대통령 후보 4명 중 확실한 노예제 폐지론자는 링컨뿐이었다. 링컨은 겨우 39%라는 지지율을 기록했고, 경쟁자들에 비해 3백만 표나 적게 받았으며, 남부 10개 주에서 단 1표도 얻지 못했음에도 대통령 으로 당선되었다. 하지만 운은 당선까지가 전부였다.

당시는 노예제도를 두고 남과 북이 첨예하게 대립하던 시절이 었다. 남부에서는 '노예제 폐지론자'가 대통령에 당선된 것에 반 발해 차례로 연방을 탈퇴하여 남부 연합을 결성하고 제퍼슨 데이 비스를 대통령으로 선출했다. 하지만 링컨은 "어느 주도 미연방 에서 탈퇴하지 못한다"며 이들을 반란군이라고 선언했다. 그리 고 링컨의 취임 한 달 만에 남부 연합군이 사우스캐롤라이나주 찰스턴 항구의 섬터 요새를 포격하면서 남북전쟁이 시작되었다.

링컨의 편은 아무도 없었다. 분리 독립을 원하는 사람들은 기 어이 내전을 하려는 링컨을 적대시했다. 노예제 폐지를 주장하 는 공화당 급진파에서는 남부 연합과의 전쟁에서 승리를 하기 위해 더 강력한 총력전을 촉구했으며, 전쟁에 반대하던 민주당 에서는 협상으로 평화를 얻기 바랐다. 언론은 링컨을 비난하는 기사를 쏟아냈다.

북군은 버지니아주에서 남군에 연거푸 참패를 당했다. 링컨의 정치적 동지였던 에드워드 베이커가 전사했고, 얼마 뒤에는 셋째아들 윌리엄이 열병으로 죽었다. 링컨은 우울증은 최악으로 치달았다.

"나는 울지 않기 위해서 웃는다. 그게 전부야, 그것밖에 다른 이유가 없어."

링컨의 유머 감각은 어린 시절 새어머니와 농담을 주고받으며 발달했다. 링컨은 자신의 외모나 약점, 우울증을 숨기려 들지 않고 도리어 스스로 비꼬거나 희화화해 사람들을 웃기곤 했다. 링컨은 유머로 우울을 지우려고 노력했다. 꽤 위트가 넘치는 일화도 많다. 하지만 측근들은 링컨의 어이없고 썰렁한 유머를 참기 힘들었다고 회고했다.

실제로 만성 통증이 있는 사람이 우스운 농담에 정신이 팔리면 적어도 웃는 동안에는 통증을 느끼지 않는다. 통각 수용기는 반응하지만, 주관적인 통증이 나타나지 않는 것이다.

하루는 링컨이 백악관에서 자기 구두를 손수 닦고 있었다. 친구가 들어와 그 장면을 보고 깜짝 놀라 말했다.

"어떻게 대통령이 자기 구두를 직접 닦고 있나?"

그러자 링컨은 말했다.

"아니, 그럼 대통령은 다른 사람 구두도 닦아야 하나?"

사람들 앞에서는 황당할 정도로 명랑하던 링컨은 매일 밤이 되면 문을 걸어 잠그고 혼자 울었다. 집무실에서도 "하나님은 왜 나를 이런 상황에 놓아두셨나"라면서 울부짖었다.

링컨이 매독으로 인해 우울증을 앓게 되었다는 주장도 있다. 링컨의 친구이자 변호사 시절 동료였던 윌리엄 헌돈은 링컨이 매독에 걸렸다는 말을 자신에게 했다고 주장했다. 매독설을 주장하는 학자들은 링컨 아내인 메리 토드가 같은 신발을 64켤레나 마구 사고 거리에서 욕하면서 날뛰는 등 이상 행동을 보인 것도 매독을 치료하지 않아서라고 설명한다. 메리 토드는 결국 말년을 정신병원에서 보내다 뇌 척수염으로 사망했다. 뇌 척수염은 매독을 오랫동안 치료하지 않았을 때 나타나는 뇌 매독 증상의 하나이다. 일부 학자들은 4명의 아들 중에 3명이 성인이 되기 전에 사망한 것도 모태 감염 때문으로 추측한다. 당시는 페니실린이 발견되기 전이어서 매독은 치료 방법이 없었다.

링컨이 매독으로 뇌 척수염을 앓고 있었다면 염증 때문에 우울증에 걸렸을 가능성도 무시할 수 없다. 염증은 사이토카인[114]을 분비해 우울증을 유발하기도 한다. 또한 인터루킨[115]의 수치가 높아져서 우울증 위험이 증가한다. 우울증 환자는 죽은 뒤에도 뇌 속 소신경교세포[116]가 지나치게 활성화되고 신경염증을 동반하는 경우가 많다.

링컨이 정체를 알 수 없는 푸른 알약이나 수은을 치료제로 먹었다는 기록도 있다. 당시 수은은 매독의 치료제로 쓰였다. 수은은 그 자체로 뇌 독성이 있어 우울증, 정신착란 등을 일으키기도 한다.

링컨이 마르팡증후군을 앓았기 때문에 우울증에 시달렸다는 주장도 있다. 링컨은 키가 190cm가 넘었다. 마르팡증후군 환자는 키가 매우 크고 사지가 길다. 또한 링컨의 친척 중 마르팡증후군 환자도 있다. 하지만 링컨은 마르팡증후군 환자에게 나타나는 증상인 저시력, 심혈관계 질환, 약한 관절, 낮은 운동 능력

---

114) 사이토카인은 면역세포에서 분비되는 단백질 면역조절제이다.
115) 인터루킨은 몸 안에 들어온 세균이나 해로운 물질에 면역계가 맞서 싸우도록 자극하는 단백질이다.
116) 소신경교세포는 뇌를 보호하는 화학물질을 생산해서 외부 침투균을 죽이는 일종의 면역기능 세포이다.

등이 나타나지 않았다. 마르팡증후군 환자는 타인의 감정을 잘 이해하고 공감하는 능력이 뛰어나 사람들에게 인기가 많다. 하지만 자신에 대해서는 비판적이고 과소평가하는 경향이 있다. 또한 마르팡증후군 환자는 타인을 돕기 위해 자신을 희생하기 때문에 스트레스를 많이 받는다. 그래서 마르팡증후군 환자는 우울증에 취약하다.

가끔 링컨은 노예제 폐지보다는 연방제를 더 중요시했다는 오해를 받는다. 전쟁 초기, 프리몬트 장군[117]과 데이비드 헌터 장군[118]이 점령한 지역의 노예들은 자유라고 선언하는 명령을 내렸

---

117) 존 찰스 프리몬트(John Charles Frémont, 1813년 1월 21일~1890년 7월 13일)는 남북전쟁 때 북군 장군이자 공화당 소속 급진파였다. 프리몬트는 링컨에게 알리지도 않은 채 미주리주에 계엄령을 선포했다. 남부연합군의 재산을 몰수하고, 총을 소지하면 민간인이라도 군사 재판을 통해 처형하고, 노예를 해방한다는 내용이었다. 미주리주는 연방에 속해 있지만 노예제를 찬성하는 곳이었다. 프리몬트의 노예해방선언에 대한 반발로 인해 미주리주 곳곳에서 테러와 학살이 일어났다. 링컨이 조치를 취소하라고 명령하지만 프리몬트는 아내를 보내 링컨과 타협하려고 한다. 결국 링컨은 계엄령을 해제하고 2개월 뒤 프리몬트를 해임한다.
118) 데이비드 헌터(David Hunter, 1802년 7월 21일~1886년 2월 2일)는 남북전쟁 때의 북군 장군이다. 헌터는 1862년에 남부 3주 노예를 해방한다는 승인되지 않은 명령을 발표했지만 즉시 취소했다. 데이비드 헌터가 원했던 것은 흑인들의 참전이었다. 링컨은 흑인들이 본인들의 의지로 참전하는 것은 막지 않겠지만, 흑인들을 전쟁에 강제로 동원해서는 안 된다는 점을 분명히 한 뒤, 장군령을 해제했다.

을 때, 링컨은 즉각 무효화시켰기 때문이다. 링컨은 노예제 폐지를 천천히 점진적으로 하길 바랐다. 또한 연방에 남아 있던 미주리, 켄터키, 델라웨어, 메릴랜드 등 노예제 찬성 주들의 탈퇴도 막아야 했다. 그래서 애매모호한 발언을 하는 경우가 많았다.

일리노이주 찰스턴에서 링컨은 "노예제는 폐지하지만, 백인종에게 우월한 지위를 부여해야 한다는 데 찬성하며, 백인종과 흑인종이 사회적·정치적으로 평등한 것에는 반대"한다고 연설했다. 하지만 전문의 맥락을 살펴보면 링컨은 그저 점진적인 변화를 원했다는 것을 알 수 있다. 또한 링컨은 해방 노예를 아프리카로 되돌려 보내자고 주장했는데, 이는 해방 뒤에도 흑인이 백인과 평등한 지위를 누리지는 못할 것이라 예상했기 때문이다.

"노예제도가 잘못된 것이 아니라면 이 세상에서 잘못된 것은 아무것도 없다."

링컨은 분명하게 자신의 의견을 밝혔다.

"나는 내 삶에서 내가 옳은 일을 한다는 확신을 내가 여기 서명하는 지금 이 순간만큼 느껴본 적이 없다."

전쟁이 끝날 기미를 보이지 않던 1863년 1월 1일, 링컨은 〈노예 해방 선언문〉에 서명한 뒤 그렇게 말했다. 선언문은 반란상태에 있는 여러 주의 노예를 전부 해방한다는 내용이었다. 또한 해방된 흑인은 폭력을 삼가고 적절한 임금으로 충실히 일하라고 당부하고, 흑인에게 북군에 입대할 기회를 준다고 규정했다. 이 선언으로 20만 명에 가까운 흑인들이 북군으로 자원입대해 북군 승리의 중요한 발판이 되었다.

1863년 7월 1일, 북군의 지휘를 맡은 그랜트 장군[119]과 윌리엄 셔먼 장군[120]은 총공세를 펼치며 남부를 초토화했다. 사흘간 계속된 게티즈버그 전투는 끔찍하고 참혹했다. 3만 5천 명의 남군과 3만 2천 명의 북군이 다치거나 죽었다. 이 전투를 기점으로 북군이 승기를 잡게 된다. 북군의 전사자 봉헌식을 준비하던 장례 준비 위원회에서는 당시 최고의 연설가로 유명했던 하버드대 총장 에드워드 에버렛을 초청한다. 링컨의 등장은 예상 밖이었다.[121] 하지만 링컨은 짧고 간결한 연설을 한다.

---

119) 하이럼 율리시스 그랜트(Hiram Ulysses Grant, 1822년 4월 27일~1885년 7월 23일)는 미국의 제18대 대통령(1869년~1877년)이다. 그랜트는 남북전쟁 당시 서부 전선에서 많은 승리를 거두었다.
120) 윌리엄 테쿰세 셔먼(William Tecumseh Sherman, 1820년 2월 8일~1891년 2월 14일)은 미국 남북전쟁 때 북군의 장군이었다.
121) 장례 준비 위원회에서 링컨을 초청하기는 했다. 하지만 에버렛에게는 두 달 전에 초청장을 보냈으면서 링컨에게는 겨우 17일 전에 보낸다. 또한 초청장에는

"……우리가 그처럼 헌신적인 노력을 기울일 때, 하나님의 가호 아래에서 우리나라는 새로운 자유의 탄생을 보게 될 것이며, 우리나라는 국민의, 국민에 의한, 국민을 위한 정부(government of the people, by the people, for the people)로서 결코 지구상에서 사라지지 않을 것입니다."

  짧지만 자유와 평등이라는 민주주의 이념을 이보다 더 강조할 수는 없을 것이다. 사실 '국민의, 국민에 의한, 국민을 위한 《성경》'이라는 말은 영국의 종교개혁가 존 위클리프가 먼저 한 말이다. 링컨이 이를 인용한 것이다. 하지만 언론은 이 위대한 연설을 비난하기 바빴다.

  "외국 귀빈들에게 미합중국의 대통령이라고 소개될 저 사람의 멍청하고 시시껄렁하고 쓰레기와 같은 연설을 듣는다면 모든 미국인은 부끄러움으로 뺨에 경련을 느끼게 될 것이다."

  링컨의 게티즈버그 연설에 대한 신문 사설이다. 당시에는 수

'행사에서 매우 작은 부분만 담당하게 될 것'이라고 쓰여 있었다. 링컨이 오지 않기를 바란다는 사실을 분명히 한 것이다.

식어구를 잔뜩 붙이는 만연체로 긴 시간 연설하는 것이 정석이었다. 링컨에 앞서 연설을 했던 에버렛은 장장 2시간 동안 연설했다. 반면 링컨의 연설은 2분이었고 272단어에 불과했다. 게다가 링컨은 남부 특유의 사투리를 끝내 고치지 못했고, 목소리도 가늘었다. 하지만 언론에서 혹평만 받았던 게티즈버그 연설은 미국 역사상 가장 많이 인용된 연설이 되었다.

전쟁은 4년 동안 이어졌다. 1865년 남부의 수도 리치먼드가 함락되면서 사실상 남북전쟁은 종전되었다. 남군을 이끈 로버트 리 장군[122]은 1865년 4월 9일 애퍼매턱스 코트 하우스 마을의 맥린 하우스에서 항복했다.

링컨은 독실한 기독교 신자로 하루도 빠짐없이 《성경》을 읽고 기도를 했다. 중요한 정책을 결정할 때마다 올바른 판단을 할 수 있는 지혜를 달라고 기도를 했다. 남북전쟁에서 승리한 뒤 아내 메리가 "이제 하고 싶은 게 뭐냐"고 묻자 링컨은 "이스라엘 성지에 가보고 싶다"고 대답했다. 하지만 링컨의 소원은 끝내 이루어지지 못했다.

---

122) 로버트 에드워드 리(Robert Edward Lee, 1807년 1월 19일~1870년 10월 12일)는 미국 남북전쟁 때 남군 총사령관이었다.

링컨을 암살하려는 시도는 취임한 이후 여러 번 있었다. 그래서 링컨은 아무도 없는 새벽에 여러 번 열차를 갈아타면서 이동할 정도로 항상 조심했다. 하지만 그날 경계심이 흐트러졌던 건 5일 전에 남군이 항복해서였을 것이다. 들뜬 분위기도 한몫했다.

1865년 4월 14일, 부활절을 앞둔 성(聖)금요일이라서 공공기관은 오전만 업무를 보았다. 휴 맥클로치 신임 재무부 장관이 그날 아침 "나는 대통령이 그렇게 활기차고, 행복한 것을 본 적이 없다"는 말을 할 정도로 링컨은 기분이 좋아 보였다. 하지만 링컨은 전날 밤 아주 기분 나쁜 꿈을 꾸었다. 자신의 불안을 감추기 위해 일부러 더 행복한 척 한 것이다. 링컨은 꿈에 의미를 부여했기에 무언가 일이 벌어질 것을 직감했다. 퇴근한 링컨은 가족과 저녁 식사를 하면서 "이제는 지쳤다"라고 말했다.

가족과의 마지막 식사에서 링컨은 이제는 지쳤다면서 피로감을 호소했다. 4년의 전쟁과 재선을 치르는 동안 한시도 마음 편할 겨를이 없었다. 링컨은 자신을 한계까지 몰아붙이며 일을 했을 것이다. 남북전쟁을 치르는 동안은 긴장감과 책임감 때문에 자신의 상태를 돌볼 틈이 없었다. 전쟁에서 승리하고 나서야 링컨은 자신이 완전히 불타서 없어졌다는 사실을 깨달았다.

번아웃증후군(Burnout Syndrome)은 어떤 일에 과도하게 몰두하다가 신체적·정신적 스트레스가 계속 쌓여 열정과 성취감을 잃어버리는 증상이다. 다 불타서 없어진다고 해서 소진증후군, 연소증후군, 탈진증후군이라고도 한다. 미국의 심리학자 프로이덴버거(Hervert Freudenberger)가 〈상담가들의 소진(Burnout of Staffs)〉이라는 논문에서 약물 중독자들을 상담하는 전문가들의 무기력함을 설명하기 위해 '소진(Burnout)'이라는 용어를 사용한 것에서 유래했다.

번아웃증후군은 스트레스가 많고 과중한 업무에 시달리는 사람에게 자주 발생한다. 특히 완벽주의 성향인 사람이나 감정노동자들이 번아웃증후군에 취약하다. 번아웃이 되면 직장에 대한 부정적 감정, 무기력증, 불안감, 자기혐오, 분노, 의욕 상실, 집중력 저하, 신체 능력 저하 등의 증상이 나타난다. 만성적으로 감기, 요통, 두통과 같은 질환에 시달리기도 한다. 심각할 경우 우울증으로 이어질 때도 있다.

우울증이 시작되었던 해, 나는 6시에 일어나자마자 출근해 10시가 훨씬 넘어서 퇴근했다. 업무분장은 완벽하게 불공정했다. 생물 교사 3명이 하는 수업은 한 과목 주당 21시간, 내가 혼자 하는 수업은 두 과목 주당 20시간이었다. 보통 주당 수업시수가 20시간 이상이 되면 담임 업무에서 배제한다. 하지만 나는 고등학교 3학년 담임이었다. 게다가 동아리까지 맡았다. 모든 인사위원회 위원들이 과다한 업무라고 반대를 하는데도 교감이 고집을 부렸다고 한다. 처음 과도한 업무분장을 전달받았을 때는 그저 황당하기만 했다. 개학까지는 일주일밖에 남지 않았던 때였다. 어영부영하는 사이 개학을 했다. 그렇게 나는 지옥에 내 발로 걸어 들어갔다.

하루에 대여섯 시간씩 떠드느라 목은 항상 쉬어 있었고, 고질병인 디스크로 제대로 걷지도 못했다. 1999년 세기말에 태어난 고등학교 3학년 학생들은 모든 종류의 사건을 다 일으켰다. 게다가 옆반은 20명인데 우리 반은 34명이었다. 1.5배나 많은 학생이었다. 불행히도 말썽은 15배 정도 더 부렸다. 혼자서 두 과목의 시험문제를 모두 출제하고, 수행평가 준비도 해야 했다. 옆반의 1.5배나 되는 학생들의 생활기록부를 작성하고, 상담도 해야 했다. 한시도 쉴 틈이 없었다. 다른 교사들은 편중된 업무분장을 한 교감을 비난하며 나를 걱정했다. 도대체 교감이 무슨 생각으로 나에게 과다한 업무를 떠넘겼는지 나는 아직도 이유를 알지 못한다.

개학한 뒤 일주일 만에 나는 지쳤다. 수업 준비도 벅찬 데다 학생 상담도 힘들었다. 매일 매일이 전쟁처럼 치열했다. 한 달 만에 디스크가 악화되어 제대로 앉지도 서지도 못했다. 친한 동료나 친구들은 병가를 쓰고 쉬라고 충고했지만 나는 기어이 출근했다. 고등학교 3학년 담임이라는 책임감 때문이었다. 포기하고 싶지 않았다. 내 능력이 부족하다는 사실을 드러내기 싫었다. 그래서 나는 자신을 학대했다. 정신도 신체도 부서지기 일보 직전이었다. 그래도 꾸역꾸역 출근을 했다. 그게 옳은 일이라고 생각했다. 내가 조금만 더 노력하면 된다고 착각했다. 하지만 지금은 기어이 해내겠다고 고집을 부린 것이 후회스럽다.

과로로 인해 언제나 피곤했다. 그러니 학생들에게 다정하기는 힘들었다. 신경질과 짜증만 늘어갔다. 그리고 분노했다. 나는 사람을 가리지 않고 부정적인 감정을 쏟아냈다. 나는 까칠하고 예민하며 성격이 더러운 사람이 되었다. 사소한 말썽에도 불같이 화를 냈다. 예전이라면 그냥 모른 척 들어주었을 불합리한 요구는 꼭 따지고 들었다. 누구에게나 예외 없이 엄격한 교칙을 적용했고 원리원칙을 강요했다. 한 마디로 아이들에게 최악의 담임이었다.

아이들을 위해 희생하겠다는 결심 따위는 닳아 없어진 지 오래였다. 그저 하루하루 버텨내기도 버거웠다. 그 끔찍한 시간이 지나고 나서야 깨달았다. 나는 오만했다. 그리고 나의 능력을 과대평가했다. 나는 이 정도쯤은 잘 해낼 수 있어, 라고 뽐내고 싶었던 것이다. 9월 수시전형 원서 접수가 끝나고 나서야 깨달았다. 나는 너무 지쳐 아무것도 하고 싶지 않았다. 너무 바빠 그동안 나의 감정을 느낄 여유도 없었다. 내 안에 가득 차 있던 우울과 절망이 넘쳐흘렀다. 아이들의 졸업까지는 석 달이 넘게 남아 있었다. 간신히 졸업까지 버텼다. 하지만 아이들과 헤어지고 나서도 우울감은 사라지지 않았다. 깊은 바닥까지 가라앉았던 기분은 쉽게 올라오지 못했다. 오랜 시간이 흐른 지금까지도 그 해의 기억이 떠오르면 숨을 쉬기가 힘들다.

번아웃증후군은 실제로 심장에 문제를 일으키기도 한다. 25년 동안 약 11,000명의 심방세동 변화를 추적한 결과, 번아웃증후군에 걸렸던 사람이 심방세동에 걸릴 가능성은 번아웃을 겪지 않는 참가자보다 20%가 더 높은 것으로 나타났다.[123]

사명감이나 책임감 따위에 휘둘려 자신을 학대하지 마라. 승진 따위에 매달려 자신을 학대하는 것은 더 어리석다. 일이 너무 많아 버거우면 주위에 도움을 요청해야 한다. 주위의 도움을 받을 수 없는 일이라면 요령껏 해야 한다. 온힘을 다해 버티고 있다면 힘을 빼라고 충고하고 싶다. 모든 게 타 버리면 다시 불을

---

123) 미국 남캘리포니아대학교(University of Southern California)의 파빈 K. 가르그(Parveen K. Garg) 박사 연구팀이 추적 관찰한 결과이다. 심방세동은 심방의 수축이 소실되어 불규칙하게 수축하는 상태로, 부정맥의 일종이다. 심방세동은 뇌졸중이나 심부전의 원인이 되기도 한다.

붙일 수가 없다.
....

  그날 저녁 식사 뒤, 링컨은 경호원 워드 힐 라몬에게 집에 가
서 쉬라 말하고는 포드 극장으로 향한다. 경호원 존 파커는 잠시
링컨의 마부들과 한잔하려고 극장 옆 스타 살롱에 갔다. 링컨은
경호원 하나 없이 포드 극장의 발코니에서 연극 〈우리 미국인
사촌〉을 관람한다.

  존 윌크스 부스[124]는 원래 링컨을 인질로 잡아 남부 포로를 석
방하려고 계획했다. 그러나 링컨이 흑인에게도 투표권을 주어야
한다는 연설을 한 뒤, 부스는 너무 화가 나서 링컨을 암살하기로
마음먹는다.

  부스는 링컨 바로 뒤에서 머리를 겨눠 총을 발사했다. 링컨은
즉시 길 건너 양복점인 피터슨 하우스로 옮겨졌다. 군의관 찰스
릴(Charles Leale)은 링컨의 부상을 치명상으로 진단했다. 곧바로
조셉 K. 반즈, 찰스 헨리 크레인, 앤더슨 루핀 애벗, 로버트 K.

---

124) 존 윌크스 부스(John Wilkes Booth, 1838년 5월 10일~1865년 4월 26일)는 미국의 배
우이자 링컨의 암살범이다. 부통령 앤드루 존슨, 서기 윌리엄 H. 세이워드도 암
살하려 했으나 실패했다. 10일간의 추격 끝에 부스는 워싱턴 D.C. 30마일 남쪽
에 있는 버지니아의 개럿 농장(Garrett's farm)에서 발견되었다. 오랜 격전 끝에 부
스는 사살된다. 노예제 찬성자들이 부스를 신격화할 수도 있다는 염려 때문에
부스의 시신은 늪에 잠시 숨겨두었다가 비밀리에 매장된다.

스톤 등의 의사들이 합류했다. 의사들은 상처에 미라 가루를 뿌리고 총알을 꺼내기 위해 눈까지 쑤셨다. 하지만 혼수상태에 빠진 링컨은 9시간 뒤인 다음날 오전에 사망한다.

"이곳에 가장 완벽한 통치자가 누워 있습니다. 그는 이제 역사로 남으려 합니다."

링컨의 시신을 끌어안고 통곡하면서 스탠턴이 한 말이다. 스탠턴은 암살범과 공범들을 추격하여 체포하고 재판에 넘기는 일에 몰두했다.

성조기에 싸인 링컨의 유해를 백악관으로 옮기는 동안 내내 비가 내렸다. 링컨의 유해는 기차로 워싱턴에서 제2의 고향인 일리노이주 스프링필드로 옮겨진 뒤에 오크리지 묘지에 안장되었다. 부통령 앤드루 존슨이 제17대 대통령직을 승계했으며, 다음 날 오전 10시에 대통령 선서를 했다.

링컨이 암살된 해 12월 18일, 국무부 장관이었던 윌리엄 H. 슈어드가 '수정 헌법 제13조'를 공포하였다. '수정 헌법 제13조'는 노예제도를 폐지하고, 범죄자 외에는 비자발적인 구속을 금지한다는 내용이다.

마침내 노예들은 해방되었다. 하지만 해방되었다고 해서 달라지는 것은 없었다. 대부분의 노예들이 전과 다름없이 목화 농장이나 공장에서 적은 돈을 받고 일을 했다. 노예제도는 폐지되었으나 사회적 편견과 인종차별은 여전했다. '분리하되 평등하다(separate but equal)'라는 원칙 아래 인종분리제[125]가 실시되었다. 링컨이 염려했던 것처럼 아직도 흑인은 완벽하게 해방되지 못했다. 하지만 링컨은 이제 우울증에서 해방되었길 바란다.

---

125) 인종 분리 정책(racial segregation)은 인종과 민족별로 생활공간과 공공시설 사용 공간 등을 강제로 분리시키는 정책이다.

우울증을 앓고 있는 사람들과
그들의 곁에 있는 사람들에게

전 세계에서 3억 명이 우울증을 앓고 있으며, 한 해에 80만 명이 자살한다. 우리나라는 자살로 인한 사망자 수가 OECD 국가 중 1위를 차지하고 있다. 한국생명존중희망재단이 발표한 '10년간(2013~2022년) 자살 현황'에 따르면 1일 평균 자살자 수는 35.4명이다. 인구 10만 명당 자살률은 25.2명이나 된다.

보건복지부와 한국생명존중희망재단이 공개한 자살사망자 1천99명에 대한 '자살 심리부검 면담 분석 결과(2015~2023년)'에 따르면 자살사망자의 86%가량이 정신질환을 겪은 것으로 추정됐으며 주로 우울(74.5%), 중독(27.2%), 불안(8.8%) 등의 증세가 있었다. 자살사망자의 96.6%는 사망 전에 자살을 암시하는 행동·심경 변화를 보였으나 이를 주변에서 인지한 비율은 23.8%에 불과했다.

주요 자살 경고 신호는 감정 변화(75.4%), 수면상태 변화(71.7%), 자살·죽음에 대한 잦은 언급(63.6%), 자기비하적 발언(47.0%), 주변 정리(25.8%) 등이 있었다.

보건복지부가 발표한 '2023 의료기관 방문 자살 시도자 통계'에 따르면 정신건강의학적 치료력·신체 병력은 현재 '정신건강의학적 치료 중'이라고 응답한 비율이 41.9%로 가장 높았으며, '진료받은 적은 없지만, 정신건강의학적 문제가 있어 보임' 비율은 13.5%를 차지했다. 자살 시도 동기는 '정신적인 문제'가 33.2%로 가장 높았고, 대인관계 문제(17.0%), 말다툼, 싸움, 야단맞음(7.9%), 경제적 문제(6.6%) 순으로 조사됐다.

건강보험심사평가원에 따르면 우리나라에서는 한 해 100만 명이 넘는 사람들이 우울증으로 병원 진료를 받는다. 과거보다는 많이 개선됐지만 아직도 우울증 환자들의 정신과 치료는 부진한 편이다. 만약 자살 사망자들이 적시에 꾸준히 치료를 받았다면 우울증이 악화되어 '자살'이라는 선택을 하는 일은 없었을지도 모른다. 하지만 정신과 환자에 대한 편견 어린 시선 때문에 정신과 치료를 망설이는 사람이 많다. 나도 마찬가지였다.

　나 자신이 우울증에 걸렸다는 사실을 인정하고 나서도, 정신과 병원에 가기까지는 오랜 시간이 걸렸다. 정신과에서 치료를 받는다고 말하면 상대방의 눈빛부터 달라진다. 정신과 치료를 받는 사람은 어딘가 이상한 사람이라고 확신한다. 그래서 우울증 치료를 시작한 뒤에도 나는 치료를 받고 있다는 사실을 철저히 숨겼다. 언제나 밝고 명랑한 가면을 쓰고 살았다. 가면이 벗겨질까 봐 항상 신경이 곤두서 있었다. 집에 돌아와 가면을 벗어 던질 때면 안도의 한숨이 나왔다.

　어느 날, 갑자기 짜증이 치밀어 올랐다. 정신과 치료를 받는 나 자신조차 편견을 가지고 있으니 상황이 나아지지 않는 거였다. 그래서 정신과 치료를 받는다는 사실을 더 이상 숨기지 않기로 결심했다. 물론 내가 일부러 나서서 말하지는 않았다. 병원에 가느라 조퇴를 할 때 누군가 어디가 아프냐고 물어보면 우울증을 앓고 있다고 말해주었다. 대부분의 경우, 상대방은 당황해 어쩔 줄 모른다. 믿지 않는 사람도 있다. 너무 멀쩡해 보인다는 이유였다.

우울증을 앓고 있는 사람들이라고 언제나 울기만 하지는 않는다. 우울증 증세는 다양한 형태로 나타난다. 자기 자신조차 우울증 증세라는 것을 깨닫지 못하는 경우도 있다. 나도 그랬다. 그저 불안하고 울적한 나 자신에게 신경질이 나고 화가 났다. 상황이 나빠서 부정적인 기분이 드는 거라고 스스로에게 변명했다. 그렇게 오랜 시간이 흘렀다. 그러던 어느 날, 학교에서 갑자기 울음이 터졌다. 눈물이 그치지 않았다. 그 자리에서 건물 밖으로 뛰어내리고만 싶었다. 무서웠다. 나 자신이 너무 무서웠다. 나 자신을 붙잡아 줄 누군가가 필요했다. 나는 간신히 마음을 다잡고 친구에게 전화를 걸었다. 울음이 터져나와 한 마디도 제대로 할 수 없었다. 친구는 내 상태를 금세 눈치챘다. 예전부터 나에게 정신과 치료를 권유했던 친구는 다시 한 번 나를 닦달했다.

"그냥 지금 당장 밖으로 나와. 그리고 정신과 병원에 가."

친구는 단호하게 말했다. 하지만 나는 겨우겨우 눈물을 참으며 퇴근 시간까지 버텼다. 그 정도로 정신과 병원에 가기 싫었다. 그 순간만 지나가면 괜찮아질 거라 생각했다.

내일이면 괜찮아질 거야, 라는 내 생각은 틀렸다. 울면서 밤을 꼬박 새운 다음 날 나는 결국 정신과 병원에 갔다. 그리고 중증

우울증 진단을 받고 1년 6개월 동안 휴직을 했다. 우울증 치료를 받으면서도 나는 스스로에게 분노했다. 우울증에 걸린 것이 의지와 노력이 부족한 내 탓인 것만 같았다.

당시 나는 우울증을 치료하기 위해 우울증에 관한 책을 닥치는 대로 읽었다. 그리고 우울증은 엄연한 질병이라는 것을 마침내 인정하게 되었다. 내 정신력이 약해서 우울증에 걸린 것이 아니라는 사실을 깨닫고 나서는 더 이상 나에게 화를 내거나 나를 다그치지 않는다.

우울증을 앓는 다른 사람들도 깨달았으면 좋겠다. 당신이 아픈 건 당신의 잘못이 아니다. 수많은 연구와 실험이 우울증은 질병이라는 사실을 증명한다. 그러니까 정신과 치료를 두려워하거나 거부해서는 안 된다. 정신과 치료를 받는 사람은 정신력이 약해서 질병에 걸린 것이 아니다. 사회의 편견에도 불구하고 치료를 선택한 강한 정신력을 가진 사람들이다. 용기를 내라. 그러면 살아남을 수 있다. 당신도 위대한 생존자가 될 수 있다.

참고 도서

ㄱ ──────────────────────

《가족의 두 얼굴》, 최광현, 부키.

《고스트 인 러브》, 마르크 레비, 작가정신.

《과학으로 파헤친 세기의 거짓말》, 이종호, 새로운사람들

《과학 읽어주는 여자》, 이은희, 명진출판사

《그럼에도 작가로 살겠다면》, 줄리언 반스, 커트 보니것 외, 다른

《그림으로 읽는 生生 심리학》, 이소라, 이밥차(그리고책)

《그림이 그립다》, 장소현, 열화당

ㄴ ──────────────────────

《나는 가해자의 엄마입니다》, 수 클리볼드, 반비

《나는 어제 개운하게 참 잘 죽었다》, 장웅연, 불광미디어

《나의 완벽한 자살노트》, 산네 선데가드, 놀, 다산북스

《난처한 클래식 수업》, 민은기, 사회평론

《뇌는 당신이 왜 우울한지 알고 있다》, 야오나이린, 더퀘스트

ㄷ ──────────────────────

《당신의 특별한 우울》, 린다 개스크, 월북

《데일 카네기 인간관계론》, 데일 카네기, 더스토리

《도전 무한지식》, 정재승, 달

《돼지가 한 마리도 죽지 않던 날》, 로버트 뉴턴 펙, 사계절

《드링킹, 그 치명적 유혹》, 캐럴라인 냅, 나무처럼

232

ㄸ

《딱 90일만 더 살아볼까》, 닉 혼비, 문학사상사

ㄹ

《라흐마니노프》, 리베카 미첼, 포노(PHONO)
《링컨의 우울증》, 조슈아 솅크, 랜덤하우스코리아

ㅁ

《마시멜로 이야기》, 호아킴 데 포사다, 한국경제신문사
《마음 치유 여행》, 수전 앤더슨, 북하우스
《마지막 비상구》, 데릭 험프리, 지상사
《매드 사이언스북》, 레토 슈나이더, 뿌리와이파리
《멍청한 소비자들》, 범상규, 매일경제신문사
《명작 뒤에 숨겨진 사랑》, 이동연, 평단
《무지개를 기다리는 그녀》, 이쓰키 유, 소미미디어
《문학적으로 생각하고 과학적으로 상상하라》, 최지범, 살림
《물리학자는 영화에서 과학을 본다》, 정재승, 어크로스
《뭉크뭉크》, 에드바르드 뭉크, 다빈치
《미드나잇 라이브러리》, 매트 헤이그, 인플루엔셜
《미술관에 간 의학자》, 박광혁, 어바웃어북

ㅂ

《백마 탄 왕자들은 왜 그렇게 떠돌아다닐까》, 박신영, 바틀비

《별을 따라간 사람들》, 이향순, 현암사

《불면증과의 동침》, 빌 헤이스, 사이언스북스

《붉은 여왕》, 매트 리들리, 김영사

《빈이 사랑한 천재들》, 조성관, 열대림

ㅅ

《샘에게 보내는 편지》, 다니얼 고틀립, 문학동네

《선생님, 저 우울증인가요?》, 오카다 다카시, 북라이프

《선생님도 모르는 과학자 이야기》, 사마키 다케오 외, 글담출판

《세계사를 움직인 100인》, 김상엽 외, 청아출판사

《송길원의 행복 통조림》, 송길원, 물푸레

《신성한 봄》, 강석경, 민음사

《10번 교향곡》, 조셉 젤리네크, 세계사

ㅇ

《역사를 뒤바꾼 못 말리는 천재 이야기》, 김상운, 이가서

《열정의 과학자들》, 존 판던 외, 미래엔아이세움

《용서치료》, 로버트 D. 엔라이트, 리처드 P. 피츠기본스, 유원북스

《우리는 왜 개는 사랑하고 돼지는 먹고 소는 신을까》, 멜라니 조이, 모멘토

《우리는 왜 아플까》, 데리언 리더 외, 동녘사이언스

《우리 인간의 아주 깊은 역사》, 조지프 르두, 바다출판사

《우울한 지성인(희대의 천재들은 왜 고통으로 살았는가)》, 박중현, 미다스북스

《위대한 환자들의 정신병리》, 이병욱, 학지사

234

《윈스턴 처칠의 뜨거운 승리》, 폴 존슨, 주영사
《유년시절》, 톨스토이, 뿌쉬낀하우스
《음모와 집착의 역사》, 콜린 에반스, 이마고
《이기적 감정》, 랜돌프 M. 네스, 더퀘스트
《이야기가 있는 미술관》, 김승현, 컬처클럽

ㅈ
────────────────────────────────

《자살, 차악의 선택》, 박형민, 이학사
《자살론》, 에밀 뒤르켐, 청아출판사
《자살의 전설》, 데이비드 밴, arte(아르테)
《자살클럽》, 로버트 루이스 스티븐슨, 까만양
《자존심》, 진중권 외, 한겨레출판
《전망하는 인간, 호모 프로스펙투스》, 마틴 셀리그먼, 웅진지식하우스
《정의 중독》, 나카노 노부코, 시크릿하우스
《죽음을 그리다(세계 지성들의 빛나는 삶과 죽음)》, 미셸 슈나이더, 아고라
《죽음의 격(필연의 죽음을 맞이하는 존엄한 방법들에 관하여)》, 케이티 엥겔하트, 은행나무
《쥐의 똥구멍을 꿰맨 여공》, 베르나르 베르베르, 열린책들

ㅊ
────────────────────────────────

《처칠》, 존 램스덴, 을유문화사
《처칠을 읽는 40가지 방법》, 그레첸 루빈 , 고즈윈
《처칠의 검은 개, 카프카의 쥐》, 앤서니 스토, 글항아리
《천재 수학자들의 영광과 좌절》, 후지와라 마시히코, 사람과책
《청소년을 위한 유쾌한 인물상식》, 김동섭, 하늘아래
《춤추는 뇌》, 김종성, 사이언스북스

최문정 장편소설

어벤지 Avenge

– 푸른 눈의 청소부

유전무죄 무전유죄의 법칙을 깨는 푸른 눈의 한 청소부 이야기!

《바보엄마》 최문정 작가의 사회고발 신작 장편소설

• 최문정 지음 | 360쪽 | 값 15,000원

'어벤지(avenge)'의 뜻은 "복수. 악·부정에 대하여 정의감 등에서 보복하다."이며, 주로 피해자가 아닌 사람을 주어로 하여 피해자를 대신하여 보복하는 꼴로 쓰인다. 최문정 작가가 《어벤지 : 푸른 눈의 청소부》 집필 동기에서 밝힌 것처럼, 이 소설 은 '진정한 정의실현의 가능성', '용서와 복수의 의미' 등에 대해 아프게 묻고 있다.

심은영 장편소설

달팽이

"학교가 너무 무서워요!"

– 우리나라 학교에서 어떻게 이런 일이 벌어지는가?

히가시노 게이고의 대표작 《방과 후》와 비견되는
현재 우리 학교에서 벌어지는 충격적인 사건들과 놀라운 결말!

• 심은영 지음 | 368쪽 | 값 15,000원

장편소설 《달팽이》는 심은영 작가의 자전적인 체험을 바탕으로 하고 있다. 작가는 수년 동안 교직에 있으면서 몸소 체험한 우리 교육계의 치부를 날카롭게 파헤치고 있는데, 학생과 교사, 학부모 등 교육계와 관련된 인물들의 부끄럽고 충격적인 사건들이 낱낱이 드러난다.

새우와 고래가 함께 숨 쉬는 바다

나는 우울증 생존자입니다

– 우울증을 극복한 세계적 위인들과 '우울증 생존자' 나의 이야기!

지은이 | 최문정
펴낸이 | 황인원
펴낸곳 | 도서출판 창해

신고번호 | 제2019–000317호

초판 1쇄 인쇄 | 2024년 11월 08일
초판 1쇄 발행 | 2024년 11월 15일

우편번호 | 04037
주소 | 서울특별시 마포구 양화로 59, 601호(서교동)
전화 | (02)322–3333(代)
팩스 | (02)333–5678
E-mail | dachawon@daum.net

ISBN 979–11–7174–011–6 (03810)

값 · 17,000원